ABEN HUMEYA

ou

LA RÉVOLTE DES MAURES

SOUS PHILIPPE II,

DRAME HISTORIQUE

PAR

DON F. MARTINEZ DE LA ROSA;

Représenté pour la première fois à Paris, sur le théâtre
de la Porte-Saint-Martin, le 19 juillet 1830.

* · ·

A PARIS,

CHEZ LES LIBRAIRES MARCHANDS
DE NOUVEAUTÉS.

La traduction en espagnol, faite par l'auteur,
est en vente chez

BOSANGE PÈRE, rue de Richelieu, n° 60;
BOBÉE ET HINGRAY, même rue, n° 14;
BARROIS FILS, même rue et même numéro.

1830.

ABEN HUMEYA

OU

LA RÉVOLTE DES MAURES

SOUS PHILIPPE II.

ABEN HUMEYA
ou
LA RÉVOLTE DES MAURES
SOUS PHILIPPE II,
DRAME HISTORIQUE
PAR
D. F. MARTINEZ DE LA ROSA;

Représenté pour la première fois à Paris, sur le théâtre
de la Porte-Saint-Martin, le 19 juillet 1830.

A PARIS,
DE L'IMPRIMERIE DE JULES DIDOT L'AINÉ,
RUE DU PONT-DE-LODI, N° 6.

1830.

AVANT-PROPOS.

Au milieu de tant de combats livrés sur le terrain de la littérature, et de cette espèce de révolution qui règne dans le monde théâtral, la première condition que je me suis imposée, au moment d'entreprendre cet ouvrage, fut celle d'oublier tous les systèmes, et de suivre, pour toute règle, ces principes clairs, incontestables, qui tiennent à l'essence même du drame, et qui formeront toujours, par rapport au théâtre, le code du bon sens.

Puisque je me propose, me suis-je dit, d'écrire un drame historique, il faudra d'abord choisir un grand événement, qui réveille l'attention et qui excite l'intérêt; il faudra aussi qu'il ait, si c'est possible, quelque chose d'extraordinaire, une physionomie qui le distingue de tous les autres; et qu'il offre en même temps ce mouvement, ces contrastes qui saisissent l'ame et l'entraînent.

Ayant conçu cette idée toute simple du drame historique, il s'agissait de remplir de mon mieux les deux conditions essentielles qui semblent en dériver : il fallait tracer le tableau avec la plus grande fidélité possible, sans rechercher néanmoins cette exactitude scrupuleuse qu'on exige dans une chronique; mais en s'efforçant de graver sur l'ouvrage, comme sur une médaille, le cachet de l'époque et du pays.

Une fois l'esquisse du tableau faite, on devait tâcher d'y encadrer en quelque sorte une tragédie; car je suis intimement convaincu (et si c'est une erreur, elle est bien excusable) que jamais le drame historique ne réussira au théâtre, que lorsqu'il parviendra à satisfaire en même temps la raison et le cœur, par le reflet fidèle d'un grand événement, ainsi que par la lutte animée des passions.

Quant au sujet que j'ai choisi, je dois avouer franchement qu'il me paraît remplir presque toutes les conditions que les maîtres de l'art peuvent exiger; il n'est pas aisé de trouver dans l'histoire plusieurs événements aussi extraordinaires, aussi dramatiques que cette révolte des Maures sous Philippe II. Qu'il me soit permis d'en dire un mot, pour indiquer au moins sa nature et son importance.

Lors de la conquête de Grenade par les Rois Catholiques, on accorda aux vaincus la capitulation la plus avantageuse; ils pouvaient se retirer librement en Afrique, ou rester dans le pays, en conservant leurs mœurs, leurs usages, l'exercice de leur religion. On commença pourtant à les inquiéter du vivant même de Ferdinand et d'Isabelle; ce qui donna lieu à quelques soulèvements partiels, qui furent bientôt étouffés. Sous Charles-Quint, on répéta les mêmes tentatives; mais ce ne fut que sous Philippe II, vers la moitié du seizième siècle, que l'on

résolut d'effacer jusqu'aux traces de ce peuple
vaincu. On publia, à cet effet, de nouvelles ordon-
nances, qui défendaient aux femmes leur costume,
encore rapproché du moresque, qui interdisaient
aux descendants des Maures de parler en arabe, de
célébrer leurs fêtes, de prendre même des bains, de
fermer les portes de leurs maisons, à certains jours
de la semaine... Pour empêcher l'exécution de ces
décrets, les Maures eurent d'abord recours à des
remontrances, à des prières; le marquis de Mondejar, capitaine-général du royaume de Grenade,
homme du plus grand mérite, intercéda vainement
en leur faveur; le gouvernement s'obstina à faire
exécuter ses ordres.

Ce fut alors qu'éclata la révolte, préparée de longue main, et qui mit en danger la monarchie espagnole, au faîte de sa puissance. Les descendants
des Maures se trouvaient en très grand nombre
dans plusieurs provinces, dans celle de Grenade
sur-tout; ils étaient industrieux, riches, puissants;
ils comptaient sur le secours des États Barbares-
ques, et même de l'empereur de Constantinople,
avec lesquels ils étaient en communication; et voyant
l'Espagne engagée, à cette époque, dans des pré-
tentions ruineuses et des guerres lointaines, ils cru-
rent que le moment de leur délivrance, si long-
temps annoncé par des prédictions et des augures,
était enfin arrivé.

Tout-à-coup, comme par enchantement, on vit
paraître une nation musulmane au milieu d'une
nation chrétienne; la haine de deux peuples, nour-

rie pendant huit siècles de guerre à mort, se montra plus envenimée que jamais; et ils sentirent bien tous les deux qu'il s'agissait de leur existence.

Cet événement n'a pas eu, en général, aux yeux des étrangers, toute l'importance dont il était digne; il faut voir dans les historiens espagnols, même dans les poètes, jusqu'à quel point cette révolte jeta l'alarme dans la nation. L'élite de l'armée accourut de toutes parts, pour étouffer le feu avant qu'il n'embrasât le royaume; les chefs les plus renommés pénétrèrent, à plusieurs reprises, dans les montagnes des Alpujarras; le roi lui-même s'approcha du théâtre de la guerre; et s'il ne marcha pas en personne contre les révoltés, comme il en fut question, il ne confia le commandement suprême de l'armée qu'à son propre frère, le célèbre don Juan d'Autriche, qui plaça la victoire sur les Morisques à côté du triomphe de Lépante.

Pour peindre assez fidèlement un sujet d'une telle gravité, la littérature espagnole offrait de grandes ressources; car elle possède deux histoires particulières de cette révolte, d'un mérite singulier, chacune dans son genre. L'ouvrage de don Diego Hurtado de Mendoza, qui lui a valu à juste titre le surnom de *Salluste espagnol*, suffirait à lui seul pour faire apprécier cet homme d'état célèbre, profond politique, grand historien, poète, auquel l'Europe savante est redevable de plusieurs trésors littéraires qu'il tira de l'obscurité. Placé par sa haute naissance, ainsi que par ses qualités personnelles, à même de bien juger les hommes et les événements; frère du fameux marquis de Mondejar; possédant à fond la langue arabe, et connaissant parfaitement bien les localités, il consacra ses loisirs, dans sa retraite de Grenade, à tracer de main de maître l'histoire de cette insurrection, et il enrichit la littérature castillane d'un modèle accompli [1].

L'ouvrage de Luis del Marmol [2] est loin d'avoir un mérite littéraire aussi relevé que celui de Hurtado de Mendoza; mais c'est une histoire plus complète, plus détaillée, dont l'auteur conduit le lecteur par la main, lui fait parcourir les lieux, le rend témoin de chaque événement. « J'écris, dit Marmol, la révolte et la punition des Morisques de Grenade, avec toutes les choses mémorables qui s'y rattachent; et j'ai été à même de le faire mieux que tout autre, ayant été employé, depuis le commencement jusqu'à la fin, dans l'armée de Sa Majesté. » Quand même il n'aurait pas révélé cette circonstance, on aurait aisément deviné que c'est un témoin oculaire qui parle; il ne raconte pas, en simple historien; il met sous les yeux ce qu'il a vu lui-même.

A la faveur de tels guides, il m'a été plus facile de saisir l'ensemble de ce grand événement, et d'en connaître plusieurs détails, qui m'ont servi

[1] Guerra de Granada, que hizo el rey don Felipe II contra los Moriscos de aquel reino, sus rebeldes.

[2] Historia del rebelion y castigo de los Moriscos del reino de Granada.

pour donner à ma composition cette *couleur locale*, sans laquelle l'illusion dramatique court grand risque de se dissiper.

La circonstance même d'être né à Grenade, et d'avoir parcouru, dans ma jeunesse, une partie des Alpujarras, m'a été aussi de quelque utilité; car j'ai pu mettre à profit des traditions populaires, des souvenirs d'enfance; et j'ai fini par regarder avec une sorte d'attachement de famille, si je puis m'exprimer ainsi, un sujet si intimement lié à l'histoire de mon pays natal... Qu'il est doux de se le rappeler, d'entendre répéter des noms si chers, quand on est loin de sa patrie!

Peut-être ces circonstances, étrangères au sujet, ne m'ont-elles que trop prévenu en sa faveur; mais j'ai cru y apercevoir plus d'un avantage, qui le recommandaient pour être mis sur la scène. Tel est, par exemple, celui d'offrir des caractères fortement prononcés, qui admettent, comme les décors du théâtre, d'être dessinés à grands traits. Je ne sais si je m'abuse; mais ces Morisques des Alpujarras, très avancés en civilisation, et conservant néanmoins un certain air sauvage, offrent un modèle fort original à l'imitation de l'artiste; on voit, sous les traits de l'Européen, couler le sang de l'homme d'Afrique.

Même par rapport au style, qui tient aussi intimement au sujet que l'écorce au tronc de l'arbre, cet événement historique se prêtait à merveille à une composition de ce genre. On pouvait donner au tableau un coloris bien plus saillant que n'en peuvent supporter d'autres ; ce qui, loin de nuire à la vraisemblance, était au contraire un nouveau moyen de l'accroître. Les peuples du midi, même dans des situations ordinaires, empruntent souvent leur langage à l'imagination ; et s'ils sont agités par des passions violentes, rendues plus impétueuses encore par une longue contrainte ; si on les suppose entraînés par des sentiments aussi vifs, aussi profonds, que l'ardeur de la vengeance, l'amour de la patrie, le zéle religieux, on peut bien risquer, en les faisant parler, des expressions poétiques, des images hardies ; on restera presque toujours au-dessous de la réalité.

Tout me souriait donc dans mon projet, avant d'avoir touché les difficultés que devait présenter en foule l'exécution d'un pareil ouvrage ; mais je ne l'ai jamais abordé sans crainte, en songeant surtout à l'instrument indocile dont je devais me servir. Je me suis vu forcé (comme les Maures que j'ai dépeints l'étaient avant leur révolte) de parler une langue étrangère ; et sous un tel joug, il est presque impossible que l'ouvrage ne se ressente souvent de la gêne qu'a éprouvée l'auteur. Pour suivre le cours d'une action dramatique, le mouvement du dialogue, la rapidité du langage, l'esprit le plus délié aurait besoin de se servir d'ailes ; et moi, j'ai été obligé de marcher avec des entraves !

Cet immense désavantage m'aurait arrêté tout-à-fait, dès les premiers pas, si je n'avais beaucoup compté sur l'indulgence du public... Mon espoir n'a point été trompé. Le succès que cet ouvrage

vient d'obtenir sur la scène n'a été dû, pour la
plus grande partie (je me plais à le reconnaître),
qu'à ma qualité d'étranger; chez un peuple si poli,
la justice même aurait paru déplacée, dans une
circonstance pareille; l'hospitalité est toujours bien-
veillante.

Je ne pourrais non plus, sans m'exposer à être
accusé d'ingratitude et de présomption, passer sous
silence les divers éléments qui ont concouru à la
réussite de mon ouvrage : la richesse des décors et
des costumes, la vérité de la mise en scène, le zèle
des acteurs, le charme de la musique, y ont beaucoup contribué; les chœurs, composés par mon
compatriote, M. Gomis, qui vient de donner une
si grande preuve de son talent, suffiraient à eux
seuls pour exciter la curiosité du public... En ren-
dant à chacun sa part dans le succès, je ne fais que
m'acquitter d'une dette.

ABEN HUMEYA.

PERSONNAGES.

ABEN HUMEYA (don Ferdinand de Valor).
ZULÉMA (doña Léonor), sa femme.
FATIME (Elvira), leur fille.
MULEY CARIME (Michel de Rojas), père de Zuléma.
ABEN JOUHAR, oncle d'Aben Humeya.
ABEN ABO,
ABEN FARAX, } Promoteurs de l'insurrection.
L'ALFAQUI, ou le Grand-Prêtre.
LARA, envoyé du capitaine-général de Grenade.
LE PARTAL,
LE DALAY, } chefs des révoltés.
LE XENIS,
ALIATAR, esclave nègre.
Une vieille esclave.
Un jeune pâtre.
Une femme castillane.
Maures révoltés, soldats castillans, hommes et
femmes du peuple, pâtres et bergères, esclaves
nègres, femmes et esclaves de la suite de Zuléma
et de Fatime.

*La scène est à Cadiar, dans les montagnes des
Alpujarras.*

ABEN HUMEYA,

DRAME.

,,

ACTE PREMIER.

Le théâtre représente une salle, d'architecture moresque, de la maison de campagne d'Aben Humeya, dans les environs de Cadiar : l'ornement en doit être noble, mais fort simple; on voit sur les murs des instruments et des dépouilles de la chasse des montagnes. A la droite du spectateur une croisée, de l'autre côté une porte, au fond une autre porte donnant sur une terrasse qui domine la campagne. Jusqu'à la scène septième tous les acteurs paraissent habillés à la manière castillane : les femmes seules ont un costume dans le genre moresque, avec de longs voiles.

SCÈNE I.

ABEN HUMEYA, ZULÉMA.

(Aben Humeya est assis, arrangeant une arbalète. Zuléma se lève, laisse sur son siège quelques broderies qu'elle tenait à la main, et s'approche de lui.)

ZULÉMA.

Non, mon cher Ferdinand, le cœur d'une femme ne se trompe jamais !... Depuis quelque temps je te vois inquiet, rêveur, poursuivi par de sombres pensées... Il y a dans le fond de

ton ame un secret important, et tu crains sur-
tout que la triste Léonor ne parvienne à le pénétrer.

ABEN HUMEYA.

Mais, quel pourrait être ce secret ?...

ZULÉMA.

Je l'ignore; et c'est ce doute même qui cause
mon tourment !... Je te vois dans un état sem-
blable à celui qui me rendit si malheureuse,
quand le lien le plus doux nous unit à Grenade; mais alors, moi-même je me plaisais à
t'excuser : tu étais dans la fougue de la jeunesse; tu voyais notre race opprimée ; et le
sang royal des Aben Humeya bouillonnait dans
tes veines, à la seule vue du vainqueur ! C'est
pour cela que je mis tant d'empressement à
quitter cette ville captive, où de si cruels souvenirs entretenaient dans ton ame cette mélan
colie profonde, qui me fit craindre pour tes
jours... Je me flattais, je te l'avoue, d'avoir atteint mon but, depuis que nous avons fixé notre séjour dans ces montagnes... tu étais de-
venu peu-à-peu moins agité, plus calme; mon
cœur était fier de son triomphe, il ne le parta-
geait qu'avec ma fille !... Je voyais, à son seul
aspect, ton cœur s'épanouir, et les rêves de
l'ambition ne troublaient plus ton sommeil...
Mais, hélas ! depuis quelque temps...

ABEN HUMEYA.

Qu'as-tu remarqué?... parle.

ZULÉMA.

Ce que j'ai remarqué?... tout ce qui peut me
rendre malheureuse!... Tu retiens devant moi
les épanchements de ton cœur; tu crains même
de rencontrer mes regards... Mon père, par-
tageant aussi mon inquiétude, a fait de vains
efforts pour sonder la plaie de ton ame, et pour
y apporter quelque soulagement : tu écoutes
ses conseils avec froideur, tandis que je te vois
entouré des mécontents les plus fougueux de
nos tribus, réfugiés dans les Alpujarras, de tous
ceux qui souffrent avec plus d'impatience le
joug du cruel Philippe... Mon Ferdinand! ne
prête pas l'oreille à leurs conseils dangereux;
écoute plutôt la voix de ton épouse, qui te demande, au nom de son amour, au nom de notre
fille, de ne pas exposer une vie qui leur est si
chère!

ABEN HUMEYA.

Tu t'inquiètes à tort ; et ta tendresse te fait
voir des dangers, qui n'existent que dans ton
imagination..... Je suis triste, il est vrai ; mon
cœur est plein d'amertume... Dois-je être
heureux, Léonor?... Tu me mépriserais, si
je pouvais l'être.

ZULÉMA.

Non, Ferdinand : je ne m'abuse pas sur notre situation ; je ne connais que trop les nobles
sentiments qui t'animent ; et moi-même, je ne
suis pas née pour l'esclavage !... Mais que
pouvons-nous, faibles que nous sommes,
contre les arrêts du destin ?... Si le sort nous eût
fait naître quelques années plus tôt ; si j'eusse
été ton épouse, quand le trône de Boabdil tenait encore contre la puissance de Castille,
crois-tu que j'aurais refroidi ton ardeur guerrière, que j'aurais retenu ton bras ?... Mais
quand la ruine de notre patrie est consommée,
quand il ne reste plus de ressource, plus d'espérance...

ABEN HUMEYA.

Je dois être content !

ZULÉMA (*après une courte suspension*).

A quoi bon te tourmenter d'un regret inutile ?... au milieu de tant de malheurs, tu
peux trouver encore quelques motifs de consolation : tu vois couler tes jours au sein de ta
famille ; tu habites cette terre chérie ; tu mêle-
ras tes cendres aux cendres de tes pères...
Quand je me sens accablée de tristesse, il m'arrive parfois de gravir jusqu'au sommet de ces
montagnes, d'où il me semble apercevoir, dans
le lointain, les côtes de l'Afrique... Le croi-

ras-tu?... je sens diminuer par degrés le poids qui serrait mon cœur, et je reviens plus tranquille, en songeant à ces malheureux qui ont quitté leur patrie, pour ne la revoir jamais!... Qu'ils sont à plaindre, mon cher Ferdinand!...

ABEN HUMEYA (se *levant brusquement*).

Ils ne sont pas aussi heureux que nous.

ZULÉMA.

Mais d'où vient ce trouble, que tu caches en vain?

ABEN HUMEYA.

Je suis tranquille, Léonor... regarde.

ZULÉMA.

Ah! c'est cette même tranquillité, qui me fait frémir.

ABEN HUMEYA.

Oui, je suis tranquille; et je vois pourtant le trône de mes ancêtres souillé par l'odieux Espagnol, nos mosquées réduites en cendres, nos familles dans la servitude ou dans l'exil... Que veut-on davantage?... Moi-même, indigne de mon sang, objet de haine au ciel, et de mépris aux hommes... Que dis-je? je ne puis rentrer en moi, sans me sentir accablé de honte!

ZULÉMA.

Calme-toi, mon cher Ferdinand...

ABEN HUMEYA.

Ils sont malheureux, tu les plains, ceux qui peuvent saluer encore, à la face du ciel, le nom de leur patrie, et maudire à haute voix ses bourreaux ; ceux qui adorent le Dieu de leurs pères ; ceux qui conservent leurs lois, leurs mœurs, leurs usages... Qu'ils doivent envier notre sort !.... Nous vivons tranquilles, sous la main qui nous frappe ; nous adorons le Dieu de nos tyrans, nous portons leur livrée, nous parlons leur langue, nous apprenons à nos fils à maudire la race de leurs pères !... Mais tu pâlis, Léonor !

ZULÉMA.

Si quelqu'un venait à t'entendre !...

ABEN HUMEYA.

Tu as raison ; je l'avais oublié : le vendredi, nos maîtres ne nous permettent pas de fermer nos portes... Ils veulent épier jusqu'aux vœux que nous adressons au ciel, dans ce jour consacré par nos pères !... il leur faut, pour assouvir leur rage, écouter jusqu'aux cris des victimes !

ZULÉMA.

Un seul instant, de grace, je reviens...
(*Elle se dirige vers la porte. Dans ce moment, Fatime entre tout éperdue, hors d'haleine, et se jette dans les bras de sa mère. Elle a son voile à la main.*)

SCÈNE II.

ABEN HUMEYA, ZULÉMA, FATIME.

FATIME.

Ma mère!...

ZULÉMA.

Qu'as-tu, ma fille!...

BEN HUMEYA.

Elvira!

ZULÉMA.

Parle, mon amour... qu'as-tu?... D'où vient ce tremblement affreux?

FATIME.

Je ne crains plus; je suis dans vos bras.

ZULÉMA.

Mais quel accident t'est-il arrivé? N'étais-tu pas accompagnée de tes esclaves?...

FATIME.

Oui, ma mère; je suis allée, au milieu d'elles, voir cette après-midi la fête de Cadiar; ma chère Isabelle venait aussi, et sa sœur nous suivait de près... Nous étions si contentes, si joyeuses!... Nous touchions déjà aux portes de la ville, et ce fut alors que je sentis dans mon cœur un pressentiment cruel, en voyant des soldats castillans...

ABEN HUMEYA.

Toujours des Castillans!...

FATIME.

Nous allions passer auprès d'eux, les yeux
fixés à terre, et nous nous pressions toutes les
trois, pour franchir en même temps les portes,
quand nous entendîmes pousser un cri affreux... nous vîmes des soldats armés courir
sur nous, arracher les voiles qui couvraient
nos visages...

ABEN HUMEYA.

Ils ont arraché ton voile, ma fille!...

ZULÉMA.

Écoute, Ferdinand, écoute...

FATIME.

Je l'ai ôté bien vite, en les voyant déchirer
celui d'Isabelle, qui est tombée évanouie à
leurs pieds...

ZULÉMA.

Qu'est-elle devenue? Comment t'es-tu sau-
vée sans tes compagnes?

FATIME.

Je ne saurais vous le dire; j'étais si trou-
blée!... heureusement que j'ai aperçu mon
grand-père, qui accourait à notre secours...
Je l'ai laissé au milieu des soldats; on procla-
mait de nouveaux ordres; j'entendais par-tout
des gémissements et des murmures... je n'ai

pas même osé tourner la tête, croyant toujours voir des soldats me poursuivre, m'atteindre... Jamais de ma vie je ne m'éloignerai plus de ma mère!...

ZULÉMA.

Oui, mon cœur, oui... Mais embrasse ton père... Je ne serai tranquille que quand je te verrai dans ses bras.

(*Fatime embrasse Aben Humeya.*)

FATIME.

Vous tremblez, mon père!

ABEN HUMEYA.

Non, ma fille, non... les hommes ne tremblent jamais.

ZULÉMA.

Mon cher Ferdinand, tu gardes le silence, et tu reçois avec froideur les caresses de ton enfant!

ABEN HUMEYA.

(*Embrassant sa fille sur le front.*)

Au contraire..... tu vois; je l'embrasse.

FATIME.

J'ai déjà tout oublié; ne vous affligez pas, mon père... Vous avez les larmes aux yeux.

ZULÉMA.

Il pleure!... nous sommes perdus.

SCÈNE III.

ABEN HUMEYA, ZULÉMA, FATIME, MULEY CARIME.

MULEY CARIME.

Ma Léonor, mes enfants, le jour d'épreuve est arrivé : il faut déjouer, à force de prudence, les perfides projets de nos oppresseurs.

ZULÉMA.

Quel nouveau malheur nous menace ?

MULEY CARIME.

Vous savez, sans doute, ce qui est arrivé à notre Elvira... Le ciel même me conduisit à Cadiar, lorsqu'on y publiait le nouveau décret contre notre nation. On veut effacer avec le fer jusqu'aux traces de notre origine ; on nous défend l'usage de notre langue maternelle, les chants de notre enfance, les voiles mêmes, qui couvrent la pudeur de nos épouses et de nos filles... Plus de doute, mes enfants ; ils veulent pousser à bout notre patience, pour avoir un motif d'appesantir leur joug... que le ciel nous préserve de tomber dans leur piège !

ZULÉMA.

Dieu de clémence, écoute la voix de mon père !

MULEY CARIME.

Ma présence, j'ose m'en flatter, n'a pas été
tout-à-fait inutile... J'ai aperçu des groupes
se former, aux extrémités de la place... on
gardait un morne silence; on s'écartait, d'un
air sombre, à l'approche des Castillans; toutes
les fenêtres étaient fermées..... Mais je craignais que des cris imprudents, quelque signe
de mécontentement et de haine, ne vinssent
provoquer l'audace des soldats, et n'attirassent
sur la ville les plus grands désastres... J'ai
couru tout de suite auprès de nos amis; je les
ai conjurés, par ce qu'ils ont de plus cher au
monde, de rentrer dans leurs foyers, d'endurer
avec constance les nouveaux châtiments que
Dieu nous envoie dans sa colère...

ZULÉMA.

Mais tu ne dis rien, mon Ferdinand?...

ABEN HUMEYA. (*Il est assis, d'un air rêveur, et*
répond froidement)

J'écoute.

MULEY CARIME.

Que je me suis félicité de ne pas t'avoir
aperçu dans cette foule inquiète ! Je craignais
à tout moment de t'y reconnaître; je l'ai craint
sur-tout, quand j'ai vu notre Elvira au milieu
de ces filles timides qui fuyaient devant les
soldats...

FATIME (*à Muley Carime*).

Qu'ils avaient l'air farouche, mon père!...

MULEY CARIME.

Je me suis jeté devant eux : « Vous ne passerez pas sans traîner mes cheveux blancs dans la poussière... » Je leur ai dit ces mots d'un ton si assuré, si ferme, qu'ils se sont arrêtés tout-à-coup. Ils n'ont pas osé fouler aux pieds un vieillard qui protégeait de faibles enfants !

SCÈNE IV.

ABEN HUMEYA, ZULÉMA, FATIME, MULEY CARIME, ABEN FARAX.

ABEN FARAX.

Vous le voyez; nos craintes mêmes ont été surpassées !... Nous ne connaissions pas encore nos tyrans; nous les avons rendus plus fiers, plus impérieux, par notre soumission infâme; et, dans l'ivresse de leur triomphe, ils veulent nous interdire jusqu'à l'air que nous respirons !

ZULÉMA.

Par pitié, mon ami, par pitié... Il a une femme, il a des enfants...

ABEN FARAX.

Et moi aussi, j'ai une femme, j'ai des en

fants ; mais les voir déshonorés !.... Je les verrai plutôt périr. — Ce n'était pas assez d'endurer tant d'humiliations, tant d'outrages ; de
voir nos biens et nos personnes livrés à leur
merci ; ils osent porter leurs regards hardis
sur nos femmes et sur nos filles... Rien n'est
sacré pour eux !

MULEY CARIME.

Et tu crois éviter tant de malheurs par des
emportements inutiles !... Nos ennemis n'en
demandent pas davantage.

ABEN FARAX.

Ils nous ont rendus assez malheureux pour
que nous n'ayons rien à craindre.

MULEY CARIME.

Hier encore, aujourd'hui même, nous
croyions aussi être arrivés au dernier terme
de l'infortune... Ils ont pris bien à cœur de
nous détromper.

ABEN FARAX.

Et que leur reste-t-il à faire ?... Leur rage
même vient d'être épuisée.—Ils se préparent à
pénétrer dans nos demeures ; ils vont compter
sur le sein même de nos épouses le nombre
de nos enfants, de leurs esclaves ; on dit encore qu'ils vont nous les ravir pour les transporter au fond de la Castille !...

FATIME (*pressant la main de son père*).

Jamais, mon père, jamais!... Qui pourra m'arracher de vos bras?...

SCÈNE V.

ABEN HUMEYA, ZULÉMA, FATIME, MULEY CARIME, ABEN FARAX, ABEN ABO, LE PARTAL, ET QUELQUES AUTRES CHEFS.

ABEN ABO (*en entrant*).

Fils d'Aben Humeya, sais-tu ton affront?...

ABEN HUMEYA.

Je viens de l'apprendre.

ABEN ABO.

Et tu hésites encore!

ABEN HUMEYA.

Est-il trop tard?...

ABEN ABO.

Trop tard!... Si nous avions levé le bras de la vengeance, avant d'avoir reçu ces dernières injures; si nous n'avions pas retenu, par une faiblesse criminelle, l'élan de cent tribus, prêtes à secouer le joug de nos tyrans, auraient-ils poussé si loin leur oppression et leurs insultes?... Non, non; ils auraient caché leur crainte sous les dehors de la clémence; ils auraient épargné leurs victimes; ils

n'auraient pas osé traîner dans un cachot le
descendant de nos rois !...

ABEN HUMEYA.

Que dis-tu ?

ABEN ABO.

Ignores-tu donc le sort de ton père ?

ABEN HUMEYA.

De mon père !

ABEN ABO.

Oui, Aben Humeya : il est dans les fers, et
n'attend que la mort.

ABEN HUMEYA (*dans une explosion de fureur.*)

C'en est fait ; du sang, mes amis, du sang !...
j'en suis altéré.

ZULÉMA.

Ferdinand !...

MULEY CARIME.

Mon fils !...

ABEN HUMEYA.

Laissez-moi... laissez-moi...

ZULÉMA.

Regarde ta fille, qui se jette aux pieds de
son père...

ABEN HUMEYA.

De son père !... Moi aussi j'en ai un, Léonor, j'en ai un... et je vais le venger.

MULEY CARIME.

Mais il faut, au moins, que nous ayons ac-
quis la triste certitude...

ABEN ABO.

Ah! ce n'est que trop vrai... Le brave Ali
Gomel vient de quitter Grenade, d'où l'on exile
impitoyablement un grand nombre de nos familles : on les chasse, sous peine de mort, de
leurs tristes asiles ; on les livre à la misère, on
les pousse vers le désespoir et vers le crime,
pour se ménager un prétexte de les punir.
Depuis trois jours, le marquis de Mondéjar
est parti de Grenade à la tête de ses soldats ; et
il va pénétrer dans nos montagnes, pour as-
surer l'exécution de ces décrets barbares...
On exige de lui cette seule réponse : « Les
Maures sont sous nos pieds... » ou : « Ils ne sont
plus ! »

ABEN FARAX.

Eh bien!.... qu'attendons-nous, pour donner à nos frères le signal qu'ils demandent
depuis tant d'années? (*Regardant fixement Aben
Humeya*). Faudra-t-il, pour exciter notre courage, que le sang de nos pères ait déjà rougi
l'échafaud?...

ABEN HUMEYA.

Non, mes amis, non : le jour de la vengeance
nous éclaire déjà !

ZULÉMA.

Malheureuse Léonor, c'en est fait de ta vie !

MULEY CARIME.

Ma fille !...

ZULEMA.

Viens, mon Elvira, viens... il ne reste, dans ce monde, d'autre consolation à ta mère!...

MULEY CARIME.

Mais tu peux à peine te soutenir... Calmetoi, ma chère Léonor... le bras du Dieu de miséricorde s'étendra sur nous!

(*Zuléma se retire, dans le plus grand abattement, au milieu de son père et de sa fille.*)

SCÈNE VI.

ABEN HUMEYA, ABEN ABO, ABEN FARAX, LE PARTAL, LES AUTRES CHEFS.

(*Pendant cette scène, le théâtre s'obscurcit par degrés.*)

ABEN HUMEYA.

Laissons les pleurs à la faiblesse; les affronts des braves ne se lavent qu'avec du sang!

LE PARTAL.

Nous te reconnaissons à ces paroles, Aben Humeya.

LES AUTRES CHEFS.

Nous te reconnaissons!

ABEN HUMEYA.

Oui, mes amis; ce n'est point une crainte

indigne qui a retenu, pendant si long-temps,
mon fer dans le fourreau; j'ai dévoré mes outrages, j'ai étouffé mes plaintes, pour ne pas
flatter nos tyrans; mais la haine germait au
fond de mon ame; et jamais la nuit n'a paru,
sans que les tombeaux de mes pères aient reçu
mes serments de me venger jusqu'à la mort!...
Il ne suffisait pas de savoir nos amis, nos
frères, impatients de porter leurs chaînes, et
prêts à les briser; il valait mieux attendre
que de risquer imprudemment le sort de ces
contrées, l'existence de tant de familles, le
dernier espoir de la patrie!... J'étais sûr, mes
amis, que la fureur de nos tyrans passerait
notre patience; et je leur ai laissé le soin de
donner eux-mêmes le signal de l'insurrection... Il est donné : il sera entendu.

LE PARTAL, ET LES AUTRES CHEFS.

Il le sera.

(*Ils craignent d'être surpris; un des chefs se dirige vers la porte; et ils continuent leur dialogue d'un air mystérieux.*)

ABEN ABO.

Les avis que nous avons reçus dernièrement
ne laissent plus de doute; toutes nos popula-
tions sont prêtes... Sur tout le rivage, dans
les montagnes de Ronda, dans la plaine qui
environne Grenade, au sein même de cette

ville, au milieu de nos ennemis, nos frères préparent leurs armes, aiguisent déjà leurs poignards!

ABEN FARAX.

Ils croyaient, nos tyrans, les avoir arrachés de nos mains... Ils les retrouveront dans leurs cœurs.

ABEN HUMEYA.

Que je voie luire ce jour, et je mourrai content! Mais ne perdons pas, en vaines menaces, des moments si précieux... Courons, mes amis, rassemblons nos affidés les plus braves; réunissons-nous, à l'instant même, pour mettre un terme à notre oppression!.... Le ciel semble nous offrir l'occasion la plus favorable: c'est cette nuit que nos tyrans célèbrent la naissance de leur Dieu..... Tandis qu'ils seront prosternés dans leurs temples, ou livrés au désordre dans d'infames orgies, nous leur échapperons à la faveur des ténèbres; nous chercherons un asile dans les profondeurs de ces montagnes; et nous redemanderons à la terre les armes de nos pères, depuis si long-temps consacrées à la vengeance!

ABEN FARAX.

C'est au fond du grand précipice, dans la caverne de l'alfaqui, que nous devrions nous réunir tous.

LE PARTAL.

Allons à la caverne de l'alfaqui !

ABEN ABO.

Il est bien juste que ce vieillard vénérable, le pontife de notre Loi et l'élu du Prophète, reçoive aujourd'hui nos serments... Lui seul, il n'a pas fléchi le genou devant nos oppresseurs ; il a renoncé plutôt à la lumière du jour !

ABEN HUMEYA.

Eh bien ! mes amis, puisque la nuit nous protége déja, allons nous réunir dans cet antre profond, où l'œil de nos ennemis n'a jamais pénétré. Ils viennent pour imprimer sur nos fronts le fer des esclaves ; qu'ils retrouvent en nous leurs anciens maîtres !... Avant que l'éclair brille, la foudre les aura frappés.

(*Ils sortent tous par la porte du fond. Aben Humeya s'arrête un instant, en tournant les yeux vers l'appartement de sa femme, et part ensuite avec les autres.*)

SCÈNE VII.

L'ALFAQUI.

Changement de décoration. — Le théâtre représente une vaste grotte, dont la voûte est soutenue par des masses de rochers auxquelles pendent des aiguilles de stalactites. Des amoncellements de rocs occupent tout le théâtre presque jusqu'au-devant. Au second plan, à gauche, se trouve un enfoncement dans le rocher, qui sert de retraite à l'alfaqui; une lampe en fer en éclaire l'intérieur. Toute la décoration doit être sombre. L'alfaqui est assis, ayant un livre devant lui.

L'ALFAQUI.

« La puissance de l'infidèle est bâtie sur le sable, et sa domination passera plus vite que la trombe dans le désert... Un jour viendra où les enfants de la tribu sainte verront leur zèle refroidi; et la chaîne de l'esclavage pèsera sur leur cou: mais, dans leur détresse extrême, ils tourneront leurs yeux vers l'orient, et aussitôt la rosée de consolation descendra du septième ciel!... » (*Il sort de la petite grotte, après quelques instants de méditation.*) Je le sais, grand Dieu, tes promesses ne peuvent manquer; elles ont un appui plus solide que les fondements de la terre!... Mais moi, faible vieillard, moi dont la vie va s'éteindre au moindre souffle, plus vite encore que cette

lumière... je descendrai dans le tombeau sans
être témoin de ton triomphe! Et c'était pourtant la seule espérance qui me rattachât à la
vie... J'ai attendu chaque jour, pendant tant
d'années, la délivrance de ton peuple; et je
vois s'accroître chaque jour son avilissement
et sa misère!... Peut-être n'ai-je pas compris
ta révélation mystérieuse. Il ne suffisait pas
de renoncer au commerce des hommes, pour
ne pas renier ta loi sainte... il fallait la proclamer à haute voix, au milieu des bourreaux,
et ranimer par mon exemple la foi mourante
de ces peuples... C'est ainsi que l'alfaqui de
Velez... je le vois encore... j'étais enfant... il
répétait le nom d'Allah, en montant d'un pied
ferme sur le bûcher; et ses yeux se tournaient
encore vers le temple bâti par le fils d'Abraham,
quand les flammes des idolâtres enveloppaient
déjà son corps!

(*Avant la fin de cette scène on voit le jeune pâtre
qui descend dans la caverne.*)

SCÈNE VIII.

L'ALFAQUI, LE JEUNE PATRE.

LE JEUNE PATRE (*accourant tout joyeux*).
Me voici!...

L'ALFAQUI.

Sois le bienvenu, mon enfant.

LE JEUNE PATRE.

J'ai bien tardé ; mais ce n'est pas ma faute... J'ai été même obligé de courir, pour que vous ne fussiez pas inquiet.

L'ALFAQUI.

Tu es fatigué ; je le vois bien... Approche-toi.... viens ici, près de moi... Je n'ai d'autre consolation sur la terre que de te voir pendant ce peu d'instants.

LE JEUNE PATRE.

Je ne sais moi-même comment j'ai pu venir... Je suis entré aujourd'hui dans la ville avec d'autres jeunes bergers... Ils allaient célébrer la fête de Noël, et voulaient me retenir avec eux... Ils avaient des instruments si beaux !... Mais je me suis échappé, pour vous apporter ces fruits...

(*Il tire de sa panetière un petit pain et quelques fruits secs, qu'il place sur une pierre à l'entrée de la grotte.*)

L'ALFAQUI.

Je vois bien que le Dieu d'Ismael ne m'a pas abandonné, puisqu'il t'envoie vers moi comme un ange consolateur !...

3

LE JEUNE PATRE.

C'est mon père qui m'ordonna de le faire à l'heure de sa mort...

L'ALFAQUI.

Je lui dois la vie, mon enfant... C'était le seul ami qui me fût resté... Il obéissait aux préceptes de Dieu, et ne craignait pas la fureur de ses ennemis.

LE JEUNE PATRE.

Je l'accompagnais quelquefois, quand il venait ici... vous en souvenez-vous?

L'ALFAQUI.

Oui, mon enfant... et tu n'oublieras pas non plus les conseils que te donna ton père...

LE JEUNE PATRE.

Qui, moi!... Dès que j'aperçois un Castillan, je détourne les yeux... Aujourd'hui même, j'ai fait un long détour pour ne pas passer par la place... Il y avait tant de soldats!

L'ALFAQUI.

Ils sont arrivés depuis que je t'ai vu...

LE JEUNE PATRE.

Oui, mon père; et si vous saviez tout ce que l'on dit!... Ils viennent nous empêcher de chanter nos jolies romances, et même de nous baigner... J'en suis fâché pour les autres; quant à moi, ça ne me fait rien : je chanterai

sur le haut des montagnes, et je me baignerai
dans la rivière.

L'ALFAQUI.

Mon cher enfant... que tu es heureux de
ne pas sentir le poids de nos malheurs!...

(*On voit paraître successivement quelques Maures
qui descendent dans la caverne.*)

LE JEUNE PATRE.

Ils me feraient bien du mal, ces soldats,
s'ils savaient que je viens ici... n'est-ce pas?...
Eh bien!... je ne vous abandonnerai de ma
vie!

L'ALFAQUI.

Non, mon enfant, non... ne reviens plus...
Je n'ai rien à espérer dans ce monde; et tu
peux encore voir des jours heureux... Lève
la tête, mon fils... Pourquoi pleures-tu?

LE JEUNE PATRE.

Je le vois bien... vous ne m'aimez pas...
Moi vous laisser mourir! (*Il l'embrasse.*)

L'ALFAQUI.

Non, mon fils... tu reviendras... mais
attends, du moins, que ces Castillans soient
partis... tu ne les connais pas encore! — Où
vas-tu?

(*Le jeune pâtre entend du bruit, et s'avance vers
le fond de la caverne; mais en voyant les Mau-*)

res, il revient effrayé, et va se cacher dans la petite grotte.)

LE JEUNE PATRE.

Ah!...

SCÈNE IX.

L'ALFAQUI, LE XENIZ, LE DALAY,
PLUSIEURS MAURES.

(Ceux-ci, et ceux qui viennent ensuite, sont costumés à la manière moresque, avec des albornoz, des alquizels, etc.; ils ont des sabres et des poignards, et quelques uns portent aussi des torches ou des branches d'arbres allumées, qu'ils placeront ensuite dans les fissures des rochers.)

L'ALFAQUI.

Qui êtes-vous?... que venez-vous chercher jusqu'au sein de la terre?... Est-ce un rêve, grand Dieu!...

LE DALAY.

Non, vénérable alfaqui; ce sont vos amis, vos enfants, qui viennent auprès de vous, comme on entoure un père dans des jours de danger.

L'ALFAQUI.

Moi, votre père!... les esclaves n'ont que des maîtres.

LE XÉNIZ.

Nous ne méritons pas ce nom, malgré tous nos malheurs.

L'ALFAQUI.

Et quel est le nom que vous méritez?... Vous avez renié le Dieu de vos pères; vous laissez dans les fers votre patrie, qu'ils conquirent au prix de leur sang; vous achetez par la honte le droit de servir vos bourreaux... Choisissez, choisissez vous-mêmes: quel est le nom que je dois vous donner?

LE DALAY.

Vos reproches n'ont été jusqu'à présent que trop justes; et notre cœur nous en a fait de plus amers encore, tout le temps qu'a duré notre esclavage... Mais il touche à son terme.

L'ALFAQUI.

Que dites-vous? se pourrait-il?

LE DALAY.

Oui, élu du Prophète; nous n'oserions soutenir votre aspect, si nous devions aller reprendre nos chaînes.

QUELQUES MAURES.

Jamais!

UN PLUS GRAND NOMBRE.

Jamais!!!

SCÈNE X.

LES MÊMES; ABEN ABO, ABEN FARAX, LE PARTAL, ET QUELQUES AUTRES MAURES.

ABEN ABO.

Ces accents, ce costume, ces armes, vous annoncent assez notre ferme résolution : nous venons de jeter le masque indigne qui nous avilissait même à nos propres yeux, et nous avons repris le fer de nos pères, déjà rougi du sang de nos tyrans !

ABEN FARAX.

Cent mille bras sont levés, prêts à frapper au premier signal...

ABEN ABO.

Et ce signal, on va le donner.

LE PARTAL.

Nous n'attendons ici que le fils d'Aben Humeya...

L'ALFAQUI.

Le fils d'Aben Humeya!... le dernier rejeton de la palme royale, le descendant glorieux du Prophète !

LE PARTAL.

Lui-même, son oncle Aben Jouhar, les plus puissants de leur tribu, viennent de se rendre à nos vœux... Ils accourent tous ici partager nos dangers, notre sort...

SCÈNE XI.

LES PRÉCÉDENTS; ABEN HUMEYA, ABEN JOUHAR, ET QUELQUES AUTRES MAURES DE LEUR TRIBU.

PLUSIEURS MAURES (*à l'entrée de la caverne*).

Le voilà!

UN PLUS GRAND NOMBRE.

Le voilà !!!

L'ALFAQUI.

Venez, fils de cent rois, venez!...

(*Mouvement général d'enthousiasme parmi les Maures.*)

ABEN HUMEYA.

Vénérable pontife, mes amis, mes frères, je crois déjà, me trouvant au milieu de vous, respirer l'air de la liberté. Que ce moment heureux s'est fait attendre!... Jamais je n'ai vu un seul de nos tyrans sans le vouer à la mort; jamais je n'ai pénétré dans le temple des infidèles, sans les marquer dans mon cœur comme les premières victimes qu'on y dût immoler.

L'ALFAQUI.

Il a pour la Loi le même zèle que ses ancêtres... Il les fera revivre.

ABEN HUMEYA.

Je vous voyais tous animés des mêmes sentiments; vos voeux m'étaient connus... mais
il fallait attendre le moment d'agir, et que le
coup précédât la menace... Ce moment heureux est enfin arrivé.

LE DALAY ET QUELQUES AUTRES.

Oui !

UN GRAND NOMBRE DE MAURES.

Oui ! ! !

ABEN JOUHAR.

Vous me connaissez assez, mes amis, pour
que je puisse élever la voix au milieu de
vous, dans cette occasion qui va décider de
notre sort... Ce n'est pas mon âge avancé
qui glace le sang dans mes veines, ou qui me
rend indifférent à l'esclavage et à la honte...
Au contraire, je suis plus impatient que vous
de mettre un terme à nos misères, pour jouir
au moins d'un seul jour de bonheur! Mais
pourquoi réveiller nos oppresseurs, et les
mettre en défense avant d'avoir pris toutes
nos mesures pour les frapper à mort?...

ABEN ABO (*l'interrompant*).

Nous avons des armes à la main, et nous attendrons dans les fers !

ABEN FARAX.

Verrons-nous plus long-temps nos demeures profanées?

LE DALAY.

Nos épouses en proie aux insultes?

LE PARTAL.

Nos fils dans l'esclavage?

LA PLUPART DES MAURES.

Non !

TOUS.

Non ! ! !

ABEN HUMEYA.

Et quel moyen plus puissant que notre soulèvement même pour hâter les secours de nos amis d'Afrique, et pour mettre en armes un million de nos frères dans toute l'étendue du royaume? Quand ils verront notre race engagée dans une guerre à mort, resteront-ils un seul moment dans l'incertitude, ou refuseront-ils de nous donner la main?... C'est bien nous, nous seuls (notre cœur d'ailleurs nous l'annonce) qui sommes destinés par le ciel à donner à nos frères le signal et l'exemple... A l'abri de ces contrées sauvages, adossés contre la mer, et touchant presque de la

main nos frères d'Afrique, nous pouvons provoquer hardiment la fureur de nos ennemis,
les épuiser dans une longue lutte, sans profit
pour eux, sans succès, sans gloire... Quand
ils ont à combattre des ennemis par-tout, ver-
ront-ils sans inquiétude et sans crainte l'incendie gagner leurs foyers?... Non, non : ils
trembleront pour leurs épouses, pour leurs
enfants, comme nous avons tremblé pour les
nôtres; ils reculeront d'effroi en voyant se
rouvrir cet abyme qui a englouti leurs géné-
rations pendant huit siècles!

L'ALFAQUI.

Le ciel vient de parler par ta bouche, descendant des Abderrame..... Il t'a choisi, sans
doute, pour être le ministre de sa vengeance,
et le libérateur de ta patrie! Écoutez, mes enfants, écoutez : c'est peut-être pour la dernière
fois que ma voix parviendra jusqu'à vous; mon
heure fatale approche, et je n'entrevois l'ave-
nir que sur les bords de l'éternité!...

LE PARTAL.

Silence, mes amis, silence!

L'ALFAQUI.

Il ne suffit pas de rompre vos chaines: le
trône d'Alhamar doit être relevé.... et, vous
ne l'aurez pas oublié sans doute, c'est un
guerrier du sang royal, de la famille même du

Prophète, qui est désigné par le ciel pour en
jeter les nouveaux fondements.

LE PARTAL.

C'est bien Aben Humeya.

PLUSIEURS MAURES.

C'est lui-même!!!

ABEN ABO.

Nous n'avons pas encore tiré le fer, et déjà
nous songeons à nous donner un maître!

ABEN FARAX.

Ils ne manqueront pas, les braves, pour
nous conduire au combat; voilà ce qu'il nous
faut.

ABEN ABO.

Quand nous aurons effacé, par de glorieux
combats, les marques de nos chaînes; quand
nous serons maîtres de quelques pieds de terre,
pour creuser au moins nos tombeaux; quand
nous aurons enfin une patrie, ceux qui auront
survécu à la longue lutte qui se prépare pour-
ront bien se choisir un roi... et la couronne
doit être alors, non pas le don du hasard,
mais le prix de la victoire!

ABEN HUMEYA.

Je n'aspire pas même à ce prix, Aben Abo;
et je puis volontiers le céder aux autres: les
Aben Humeya sont assurés de leur place; ils
se trouvent toujours les premiers au combat.

ABEN ABO.

Et jamais les Zégris n'y arrivent les seconds.

L'ALFAQUI.

Calmez, mes enfants, calmez cette ardeur
guerrière qui brille dans vos yeux et qui semble
enflammer vos paroles; gardez-la contre nos ennemis!... Lorsque nous avons entre nos mains
la liberté ou l'esclavage de nos enfants, le sort
futur de la patrie, le triomphe ou l'abaissement
de la religion de nos pères, pourrions-nous
écouter, sans crime, la voix de nos passions?
Ah! il ne s'agit pas de donner, dans le palais
de l'Alhambra, la couronne d'or et de saphirs,
que l'indigne Boabdil ne sut pas garder sur sa
tête; au milieu de ces précipices, menacés par
nos ennemis, sur le bord même du tombeau,
nous n'avons qu'une épée à donner à celui que
nous choisirons pour notre chef suprême... Il
ne sera élevé plus haut, que pour être plus
près de la foudre!

LE PARTAL.

Parlez, organe du Prophète: nous sommes
prêts à vous obéir.

QUELQUES CHEFS.

Nous le sommes tous!

L'ALFAQUI.

Le ciel a déjà parlé par ses prédictions, par

ses prodiges ; il va vous annoncer, par un
signe glorieux, sa volonté suprême !

(*Il marche, saisi d'enthousiasme, vers l'antre le
plus étroit, qui est au fond de la grotte. La foule
des Maures, qui se sera séparée pour lui laisser
un libre passage, semble frappée, en attendant
son retour, de surprise et d'étonnement.*)

LE DALAY.

Où va-t-il, le vénérable pontife ?

LE XENIZ.

Une inspiration soudaine a brillé sur son
front.

LE PARTAL.

Attendons, mes amis, dans un recueillement
religieux, les oracles qu'il va nous dicter !

L'ALFAQUI.

(*Il déploie à la porte de l'antre un vieil étendard
en soie cramoisie, garni à l'entour de franges
d'or, et tout parsemé de demi-lunes en argent*).

Regardez, petits-fils de Tarif et de Muza,
regardez !...

ABEN JOUHAR.

C'est l'étendard sacré du royaume !

LE DALAY.

L'enseigne d'Alhamar !

LE XENIZ.

Le triomphe est certain !

PLUSIEURS MAURES.

Nous sommes sauvés!

L'ALFAQUI.

Le ciel nous l'a conservé, comme un gage de sa faveur, par une série de prodiges... Le destin de l'empire y reste attaché pour toujours!

LE PARTAL.

Déployez, ô pontife, déployez au milieu de nous l'étendard royal de nos pères... Nous allons, sous son ombre sacrée, proclamer notre monarque... Vive le fils glorieux des rois de Cordoue et de Grenade!

TOUS LES MAURES (*excepté Aben Abo , Aben Farax et leurs amis, qui sont groupés à l'un des côtés du théâtre*).

Vive Aben Humeya!!!

ABEN HUMEYA.

De grace, mes amis, de grace... écoutez-moi pendant quelques instants : je n'ai qu'un bras, un cœur à donner, et ils sont depuis long-temps à ma patrie. Que pourrais-je lui offrir de plus? Mais s'il suffit d'un bras et d'un cœur pour combattre, ce n'est point assez pour régner...

LE XENIZ (*l'interrompant*).

Il a devant lui les traces de ses ancêtres...

LE DALAY.

Il deviendra, comme eux, notre libérateur...

LE PARTAL.

Son nom seul sera un signe de ralliement
pour nos peuples, un augure du triomphe...
(*Aben Humeya paraît confus, et semble, par ses
signes, vouloir calmer leur enthousiasme.*)

L'ALFAQUI.

N'hésite plus, bien-aimé du Prophète...
Quand le ciel ordonne, l'homme doit fermer
les yeux et obéir !

ABEN HUMEYA (*se mettant à genoux devant l'alfaqui*).

Je me prosterne avec confiance devant sa
volonté suprême ; et j'attends de votre bouche
ses ordres sacrés.

L'ALFAQUI (*d'une voix solennelle*).

Le Dieu d'Ismaël ne t'a pas réservé, dans
ces jours d'épreuve, un trône de délices...
Il va déposer dans tes mains le sort d'un
peuple malheureux, captif, se débattant dans
les bras de la mort !... Sois son appui sur la
terre... L'Éternel veille sur lui... il est aussi le
juge des rois !

ABEN HUMEYA.

Je jure, ô pontife sacré, à la face du ciel et

de la terre, de gouverner ces peuples en paix
et en justice, et de verser mon sang pour leur
défense... Puissent mes paroles s'élever jusqu'au trône suprême, et le Dieu d'Ismaël les
accueillir dans sa bonté!

L'ALFAQUI.

Il les a déjà écrites, de sa main toute-puis-
sante, dans le livre de ta destinée... A la fin
des siècles, quand le monde ne sera plus, tu
les auras devant tes yeux!... (*Aben Humeya se
lève, et après un instant de silence, l'alfaqui
continue ainsi :*) Je te confie, au nom du Tout-
Puissant, cet étendard sacré, qui orna le cou-
ronnement de vingt rois, depuis Alhamar jusqu'à Muley Hacem... Il ne s'est jamais courbé
devant la croix de l'infidèle, et il doit encore
flotter sur la grande mosquée de Grenade!
(*Aben Humeya prend l'étendard.*) Voilà, mes
enfants, voilà votre monarque!... que le chef
le plus âgé de ces tribus le reconnaisse au nom
de tous.

ABEN JOUHAR.

Nous te reconnaissons pour notre roi, descendant glorieux des Abderrame... (*Il se prosterne et baise la terre, à l'endroit où Aben Humeya avait son pied droit.*)

PRESQUE TOUS LES MAURES.

Vive Aben Humeya!!!

L'ALFAQUI.

Musulmans, le cours de la lune signalait aujourd'hui le jour saint, consacré par la Loi aux ablutions et aux prières; et vous n'avez pas rempli ce devoir... Mais, en ce moment même, loin de la vue de nos oppresseurs, vos accents monteront plus purs vers le ciel, dans le silence auguste de la nuit; et les premiers instants de votre délivrance seront consacrés à son divin Auteur!

(Ils se tournent tous vers l'orient.)

CHOEUR.

L'ALFAQUI.
Bénissez, Musulmans, bénissez l'Éternel!

TOUT LE CHOEUR.
Il n'est qu'un Dieu, c'est le Dieu d'Ismael!

PREMIÈRE PARTIE DU CHOEUR.
« Le Tout-Puissant a dicté ces paroles, »
Dit Mahomet en montrant le Coran.

SECONDE PARTIE DU CHOEUR.
Et de leur base, à sa voix, les idoles
Vont s'engloutir dans des fleuves de sang.

PREMIÈRE PARTIE DU CHOEUR.
Aux nations son Prophète fidèle
Criait : « Allah !... périssez ou croyez! »

SECONDE PARTIE DU CHOEUR.
Et sous son glaive a péri le rebelle,
Et l'univers se prosterne à ses pieds.

L'ALFAQUI.
Bénissez, musulmans, bénissez l'Éternel!

4

TOUT LE CHOEUR.

Il n'est qu'un Dieu, c'est le Dieu d'Ismael !

PREMIÈRE PARTIE DU CHOEUR.

Dieu seul est fort ; en ses mains est la foudre :
Dieu seul est grand ; il remplit l'univers.

SECONDE PARTIE DU CHOEUR.

Dieu seul est Dieu !......

(*On entend dans le lointain sonner une cloche : le chant cesse tout-à-coup ; les Maures se montrent d'abord étonnés et interdits.*)

L'ALFAQUI.

Entendez-vous ? entendez-vous ?... Enfants d'Ismael , les infidèles vous appellent pour idolâtrer dans leur temple !

ABEN HUMEYA.

Non : c'est l'heure de la vengeance ; c'est la voix de la mort !

TOUS LES MAURES.

C'est la mort !!!

QUELQUES VOIX (*dans le fond de la caverne*).

La mort !...

(*Ils tirent tous leurs sabres ; quelques uns vont reprendre les torches et les branches d'arbres allumées.*)

ABEN HUMEYA.

Courons, mes amis, courons !..... Pénétrons de tous côtés dans la ville ; portons les flammes

dans leurs temples, le fer dans leurs foyers.....
Entre les bras de leurs épouses, au pied de
leurs autels, dans l'asile de nos demeures,
qu'ils trouvent par-tout le glaive de la mort!

TOUS.

La mort!!!

ABEN HUMEYA.

Point de pardon, point de pitié... nous avons
à venger, en quelques instants, un demi-siècle
d'esclavage! (*S'élançant au milieu de la foule,
l'étendard déployé.*) Aux armes, musulmans!

TOUS.

Aux armes!!!

(*Ils sortent en tumulte, brandissant leurs sabres,
secouant les torches: l'alfaqui les suit jusqu'au
pied de la rampe, en les animant de la voix et du
geste.*)

L'ALFAQUI.

Frappez, enfants d'Ismael, frappez!..... Le
Dieu de Mahomet vous regarde, et l'Ange ex-
terminateur marche devant vous!

TOUS.

Aux armes!!!

FIN DU PREMIER ACTE.

....

ACTE SECOND.

Le théâtre représente la place de la petite ville de Cadiar.
Au fond on voit une ancienne mosquée servant de temple aux chrétiens, à laquelle on monte par quelques degrés. De chaque côté de l'église une rue en pente, toutes
les deux longues et étroites. Il y en aura d'autres qui
aboutissent aussi à la place.

SCÈNE I.

DES PATRES ET DES BERGÈRES, HOMMES ET FEMMES DU PEUPLE, SOLDATS CASTILLANS.

(Au lever du rideau, on voit un feu de joie au milieu de la place ; des groupes de gens du peuple et le chœur de pâtres et de bergères, qui chantent et qui dansent. Quelques soldats castillans regardent le bal.)

CHŒUR.

Chants d'amour, joie et fêtes,
Ici-bas comme au ciel !
Gai, bergers et fillettes,
C'est la nuit de Noël !

Cette nuit, ni l'amant infidèle,
Ni l'amant jaloux

N'est admis parmi nous :
Point de bruit, point d'injuste querelle ;
    Mais aveux charmants,
    Doux propos et doux chants.
En chantant les amants se répondent
    Ce qu'on ne dit pas
    Sans un grand embarras,
Chantons donc ; que nos cœurs se confondent,
    Ivres jusqu'au jour
    De plaisir et d'amour.

CHOEUR.

Chantons tous ; que nos cœurs se confondent,
    Ivres jusqu'au jour
    De plaisir et d'amour.

CHOEUR.

    Ici-bas joie et fêtes,
    Doux transports comme au ciel !
    Gai, bergers et fillettes,
    C'est la nuit de Noël !

Livrons-nous sans contrainte à la danse :
    Au cœur attristé
    Elle rend la gaieté :
Au retour d'une vive cadence,
    Quand on est heureux
    On devient plus joyeux.
Et la danse à l'amour est propice :
    On parle, on sourit
    A l'amant qu'on chérit.
Dansons donc ; deux à deux qu'on s'unisse,
    Ivres jusqu'au jour
    De plaisir et d'amour.

CHŒUR.

Dansons tous; deux à deux qu'on s'unisse.
    Ivres jusqu'au jour
    De plaisir et d'amour.

(*Tandis qu'on chante en chœur, et qu'on danse pour la dernière fois, on entend sonner la cloche.*)

UN SOLDAT CASTILLAN.

Silence!... n'entendez-vous pas?...

PATRES ET BERGÈRES.

Allons! allons!

D'AUTRES.

Nous danserons après.

(*Ils entrent dans l'église, dont la porte se ferme sur eux; on entend ensuite un prélude d'orgue, et peu de temps après un chant lent et suave. Quand on aura chanté une strophe, et que la musique seule se fera entendre, on verra paraître, par une des rues du fond, Aben Farax, suivi de deux ou trois Maures; et par l'autre rue le Partal et le Dalay, accompagnés de quelques autres. Ils viennent tous enveloppés dans des albornoz ou des alquizels, et approchent avec le plus grand mystère. Dès qu'ils sont aux coins de l'église, et qu'ils voient la place déserte, ils secouent en l'air leurs alquizels blancs, pour appeler plusieurs Maures, qui arrivent de différents côtés. Aben Farax*) et le Partal se réunissent vers le milieu de la place, environnés d'un groupe de Maures : d'autres forment aussi des groupes, et semblent se concerter entre eux. Il règne par-tout le plus grand silence, qui n'est interrompu que par l'écho lointain du chant.)

HYMNE SACRÉ.

Du Seigneur célébrons la clémence;
Il remplit tous les vœux d'Israël :
Pour signer le traité d'alliance,
Il consent à se faire mortel!

CHOEUR.

Sion, respire;
Plus de douleur!
Reprends ta lyre,
C'est le Sauveur!

La colombe a paru sur la terre,
Apportant un symbole de paix :
L'Océan dans son lit se resserre,
Et l'abyme est fermé pour jamais!

CHOEUR.

Sion, respire;
Plus de douleur!
Reprends ta lyre,
C'est le Sauveur!

Ce n'est plus ce vengeur si terrible,
Foudroyant les cités de ses feux;
Il parait comme un astre paisible,
Réjouissant et la terre et les cieux!

CHŒUR.

Sion, respire;
Plus de douleur!
Reprends ta lyre,
C'est le Sauveur!

SCÈNE II.

ABEN FARAX, LE PARTAL, LE DALAY, LE XENIZ, MAURES.

ABEN FARAX.

Ils sont déjà dans l'église....

LE PARTAL.

Ils auront moins de chemin à faire... ils ont sous leurs pieds le tombeau.

ABEN FARAX.

Tous nos amis sont-ils prêts?...

LE PARTAL.

Aussitôt que nous pousserons le cri d'extermination, il sera répété par-tout, et parviendra jusqu'au pied du château...

LE XENIZ.

Je plains ceux qui s'y trouvent... Aben Humeya a le bras si dur!...

ABEN FARAX. (*Il quitte son groupe, et vient dans l'autre.*)

Où est le Dalay?...

LE DALAY.

Me voici.

ABEN FARAX.

Toutes leurs maisons sont-elles marquées?...

LE DALAY.

Et même les nôtres, où il y a des Castillans.

ABEN FARAX.

Il faut enfoncer les portes qui ne s'ouvriront pas devant vous... qu'ils ne trouvent de refuge nulle part !

LE PARTAL.

Prenez garde, mes amis, de ne pas confondre les Castillans... vous les distinguerez à leur costume...

LE DALAY.

Il suffira de fermer les yeux, et de laisser agir nos poignards.

ABEN FARAX.

Va t'emparer d'une de ces portes, tandis que le Partal occupera l'autre... qu'ils trouvent toutes les issues fermées ; et que s'ils essaient de sortir, ils tombent sous vos coups.

LE DALAY.

Sois tranquille...

LE PARTAL.

Venez...

(Ils partent, suivis de plusieurs Maures. Chacun d'eux va se placer vers le milieu d'une des rues du

fond, pour attendre ceux qui voudront sortir de
l'église par les portes latérales.)

ABEN FARAX (au Xeniz et à ceux qui restent
avec lui.)

Nous sommes plus heureux..... nous serons
les premiers à verser leur sang!

(Ils apprêtent leurs armes.)

LE XENIZ ET QUELQUES MAURES.

Partons!

Ils se dirigent vers la porte principale de l'é-
glise, dans le plus grand silence, tandis que le
chant continue, plus lent encore et plus doux.
Quand ils seront réunis devant la porte et sur les
degrés, Aben Farax se retourne vers eux, et leur
montre le ciel avec son sabre. Ils poussent tous ce
cri :

Mort aux Castillans! (qui est répété en même
temps dans toutes les rues.)

SCÈNE III.

Aben Farax et la plupart des Maures se sont
précipités dans l'église; on entend le tumulte; la
foule veut sortir, et les deux battants de la porte se
referment. En même temps ces différents cris se
font entendre :

HOMMES ET FEMMES.

Grâce!.... au nom de Dieu!.... grâce!

LES MAURES.

Mort aux Castillans!

LES SOLDATS.

Assassins!...

(On entend dans l'intérieur le cliquetis des armes; les soldats castillans tâchent de se frayer un passage, l'épée à la main; les Maures veulent les empêcher de sortir; mais ils sont refoulés, et les Castillans descendent par les rues du fond, traversent rapidement la place, et s'en vont par une des rues latérales, toujours poursuivis par les Maures, et combattant à l'arme blanche.)

LES SOLDATS.

Au château!... sauvons-nous!

LES MAURES.

Mort aux Castillans!

TOUS.

Au château!!!

(Aussitôt que les Maures auront laissé libres les portes de l'église, on voit en sortir par flots les gens du peuple, des pâtres, des femmes, des enfants... Ils fuient de tous côtes dans le plus grand désordre, et disparaissent par toutes les rues. Cette fuite, ainsi que le combat, doiv   r au fond de la place, sans que   ⁀- chent du premier plan du

SCÈNE IV.

UN GROUPE DE QUELQUES MAURES, UNE FEMME CASTILLANE, UN MAURE.

(On voit descendre, par une des rues du fond, une femme castillane, ayant dans ses bras un enfant : un Maure la poursuit vivement, le sabre à la main.)

LA FEMME.

Mon enfant !... mon enfant !...

LE MAURE.

Tu le retrouveras dans l'enfer !...

LA FEMME.

Par pitié !...

(Au moment où elle passe devant une des rues latérales, Muley Carime en sort, et s'interpose entre la femme et le Maure, qui était déjà sur le point de la saisir.)

SCÈNE V.

LES MÊMES; MULEY CARIME.

MULEY CARIME.

Que fais-tu, misérable?

LE MAURE *(voulant frapper)*.

C'est le fils d'un Castillan...

MULEY CARIME.

Arrête! Je te croyais un brave... non pas un assassin.

(*La femme épuisée s'est jetée aux pieds de Muley Carime, et embrasse ses genoux, ainsi que son enfant.*)

LE MAURE.

Mais...

MULEY CARIME.

Je vois que dans l'obscurité tu t'es trompé toi-même... je t'excuse... tu croyais poursuivre un ennemi... c'est une femme!

(*Le Maure se montre interdit; il s'éloigne lentement, et va se réunir aux autres.*)

UN MAURE (*dans le groupe*).

Encore ce vieillard!... On le trouve par-tout.

MULEY CARIME.

Relève-toi, malheureuse... tu n'as rien à craindre... Pourquoi embrasses-tu ma main?... ce que j'ai fait pour toi, je devais le faire.

MAURE PREMIER.

Vous l'entendez?... Il ne se cache pas... Il a toujours aimé les chrétiens.

MAURE SECOND.

Qui sait!... peut-être l'est-il lui-même dans le fond du cœur.

LA FEMME (*au moment de se relever*).

Embrasse, mon fils, embrasse encore ses pieds... Tu lui dois la vie ! (*L'enfant obéit.*)

MULEY CARIME.

Tu n'as pas d'autres enfants?

LA FEMME.

C'est le seul... et j'ai été sur le point de le perdre... Je l'ai vu déja égorgé dans mes bras !... (*Elle l'embrasse avec la plus grande tendresse.*)

MULEY CARIME.

Ne pleure pas, bonne femme... tu affliges cet enfant... Écoute. (*D'un ton plus bas.*) Il ne faut pas qu'on te retrouve ici... Dans ce moment la fureur les aveugle ; ils sont capables de tout... Viens avec moi ; je t'accompagnerai jusqu'aux portes de la ville, et je t'indiquerai un endroit où tu pourras te réfugier.

LA FEMME.

Que le Dieu du ciel vous bénisse !... Vous avez sauvé ce pauvre orphelin...

MULEY CARIME.

Il me connait déja... tu vois, il me prend la main... Venez, venez tous deux avec moi. (*Ils s'en vont par la rue opposée à celle qui conduit au château.*)

SCÈNE VI.

LES MAURES.

(*Ils restent silencieux et comme étonnés pendant un instant.*)

MAURE PREMIER.

Il a voulu sauver cet enfant pour s'en faire ensuite un mérite.

MAURE SECOND.

C'est dommage qu'il ait pris aussi notre costume... L'habit castillan lui allait mieux.

MAURE PREMIER.

Il l'a ôté cette nuit pour ne pas périr avec ses amis... mais il l'aura gardé pour le reprendre un jour.

MAURE SECOND.

Ce n'est pas sa faute, c'est la nôtre... pourquoi l'avoir laissé échapper?...

SCÈNE VII.

LES MÊMES ; ABEN ABO, ABEN FARAX.

(*Aben Abo et Aben Farax entrent par la rue qui conduit au château, au moment précis pour entendre ces dernières paroles.*)

ABEN FARAX.

Qui?...

MAURE PREMIER.

Le fils d'un Castillan...

MAURE SECOND.

Que Muley Carime vient de sauver.

ABEN FARAX.

Muley Carime !

MAURE PREMIER.

Pourquoi cet étonnement?... Rien de si naturel... Il a toujours été le plus humble esclave des chrétiens.

ABEN FARAX.

N'en parlez pas ainsi... Vous lui devez plus de respect... N'est-ce pas le beau-père de votre roi?

MAURE SECOND.

De notre roi?...

MAURE PREMIER.

S'il devient comme Carime, il ne le sera pas long-temps.

ABEN ABO.

Fort bien, mes amis, fort bien... Vous faites les braves quand ils sont loin... et vous tremblez en leur présence!

QUELQUES MAURES.

Nous!

ABEN ABO.

Vous venez de le dire vous-mêmes... N'est-ce pas un mot de Carime qui a fait tomber le poignard de vos mains?

MAURE PREMIER.

Si ce n'avait pas été un enfant!...

ABEN FARAX.

Tu as raison, mon ami... Son père peut-être a égorgé le tien.

MAURE PREMIER.

Son fils le vengera. (*Il part aussitôt, en faisant signe aux autres de le suivre. Ils s'en vont par la même rue qu'a prise Muley Carime.*)

SCÈNE VIII.

ABEN ABO, ABEN FARAX.

ABEN ABO.

Misérables!... leur fureur s'allume et s'éteint comme un feu de sarment.

ABEN FARAX.

Et pourquoi ne pas profiter de ce caractère impétueux, à la première occasion que le sort nous présente?... qui sait!... peut-être cet incident même pourrait bien nous servir... On murmure déjà contre Carime; il ne sera pas difficile de changer la méfiance en haine.

ABEN ABO.

Tu t'occupes trop de ce vieillard... On voit bien que c'est lui qui te refusa la main de sa

fille, et la livra, sous tes yeux, à un rival
abhorré...

ABEN FARAX.

Depuis long-temps j'ai oublié mon amour;
je n'ai pas oublié mon affront.

ABEN ABO.

Et tu ne vois que Carime, quand tu songes
à te venger!

ABEN FARAX.

C'est que j'espère frapper, d'un seul coup,
deux victimes.

ABEN ABO (*lui serrant la main*).

Si tu avais vu l'insolent, comme je viens de
le voir moi-même!... Je me suis empressé de
fuir sa présence; j'allais éclater. Il n'avait fait
qu'égorger quelques soldats, vieux, infirmes...
d'autres plongés dans le sommeil ou dans l'i-
vresse... Eh bien! le croiras-tu?... il se montrait tout fier, comme s'il venait de remporter
un grand triomphe... Il parcourait le château
en maître; il affectait déjà la majesté royale...
Quel est, a-t-il dit, ce guerrier qui a monté le
premier par l'échelle? Il montrait le désir de
le récompenser; mais aussitôt qu'il a entendu
mon nom, son front s'est rembruni; il n'a pu
prononcer un mot.

ABEN FARAX.

Il ne déguise pas la haine qu'il a vouée au

nom Zégri... Il l'a sucée avec le lait; il la porte
dans son sang...

ABEN ABO.

Et moi je transmettrai la mienne à mes fils,
et aux enfants de mes fils, jusqu'à la dernière
génération! J'ai pu l'étouffer un instant, pour
réunir contre l'ennemi commun les deux tribus rivales; mais quand j'ai vu cet ambitieux
se jeter le dernier dans la révolte, pour s'emparer, un instant après, du pouvoir suprême;
quand je le vois s'apprêter à nous insulter par
son dédain, plus amer encore que sa colère...
Non, Farax, non; nous ne sommes pas nés
pour être ses esclaves.

ABEN FARAX.

Ses esclaves!... Aben Abo, sois tranquille...
Il vient de monter sur un précipice; le pied
va lui glisser. Je connais nos guerriers, mieux
encore que toi-même: dans un moment d'enthousiasme, ils l'ont proclamé leur roi... ils
ont cru choisir un chef, non se donner un
maître... Mais si le moindre revers vient atteindre nos armes; si le plus léger soupçon
plane un jour sur sa tête... On voit près de
lui ce vieillard, le père de sa femme, le con-
fident de Mondejar, l'instrument de ses ordres... Il a osé, au milieu du carnage, proté-
ger la vie des chrétiens; il tâchera, par des

5.

conseils timides, d'entraver nos efforts... Nous
faut-il davantage pour les perdre tous deux?...

ABEN ABO.

Mais... n'est-ce pas lui-même... celui qui
vient accompagné de deux Castillans?...

ABEN FARAX.

Oui... c'est Carime...

ABEN ABO.

Viens, viens ici...

ABEN FARAX (*portant la main d'Aben Abo sur
son cœur.*)

Sens-tu comme il bat?... Nous serons bientôt vengés.

(*Ils se cachent à l'entrée d'une maison, située
près de la rue par où les autres vont arriver,
et dont la porte aura été enfoncée dans la nuit.
Ensuite ils reparaissent, de temps à autre,
comme s'ils observaient Muley Carime et Lara,
et qu'ils voulussent comprendre leur entretien.
Avant la fin de la scène précédente, le jour
commence à poindre, de manière à ce qu'on
puisse distinguer les objets.*)

SCÈNE IX.

LARA, MULEY CARIME, un écuyer castillan. (*Celui-ci a une lance, avec un petit drapeau blanc; et dans la main gauche un riche bouclier.*)

MULEY CARIME.

Vous devez attendre ici, noble Lara... J'ai déjà fait prévenir de votre arrivée; et je ne crois pas qu'on vous permette d'entrer dans le château.

LARA.

Je leur en sais gré, au lieu de m'en plaindre... Ils m'épargneront la vue de mes frères assassinés! Mais puis-je vous parler franchement, comme un chevalier loyal à son ancien ami?... Je savais les avis alarmants que Mondejar avait reçus; j'ai maintenant sous mes yeux ces ruines, ces désastres; et cependant tout ce que je vois ne me parait encore qu'un songe affreux... J'ai peine à y croire!

MULEY CARIME.

Pourtant ce n'est que trop vrai.

LARA.

Vous-même, vous, le père de ces contrées, et leur défenseur constant auprès de Mondejar, avez-vous pu tromper sa confiance, et partager un délire qui doit coûter tant de larmes ?...

MULEY CARIME.

Il n'est plus temps de faire des excuses ni des reproches... A quoi mèneraient-ils?... J'ai employé tous mes efforts (le Dieu du ciel m'en est témoin!) pour écarter de ces peuples de si grandes calamités... Quand je les verrai fondre sur moi, je les envisagerai sans crainte.

LARA.

Il ne suffit pas de mourir avec courage pour remplir les devoirs que la patrie nous impose; quand on la voit sur le bord de l'abyme...

MULEY CARIME.

On doit partager son sort.

LARA.

On doit la sauver.

MULEY CARIME.

La sauver!... Vous connaissez bien, brave Lara, le tumulte des camps et l'horreur des batailles; mais vous ne connaissez pas ce qu'il y a de plus orageux, de plus terrible encore... l'insurrection d'un peuple!

LARA.

Je n'ignore pas combien il est difficile de faire entendre la voix de la raison, lorsque

tous les cœurs ne brûlent que de l'ardeur de
la vengeance; mais je n'ignore pas non plus
la condition du peuple, aussi féroce dans les
premiers accès de sa rage qu'inconstant dans
ses résolutions, et timide dans les revers. On
peut bien combattre avec courage, lorsqu'on
n'expose que ses jours en face de l'ennemi;
mais quand on se voit entouré par des popu-
lations entières, sans abri, sans défense, ex-
ténuées de fatigue et de faim; quand on n'a-
perçoit de tous côtés que des femmes et des
enfants poussant des cris de détresse, et menacés par l'esclavage... Consultez votre cœur;
vous avez une fille!

MULEY CARIME.

Oui...

LARA (*l'interrompant*).

Êtes-vous assuré de l'avoir demain?

MULEY CARIME (*après une courte suspension*).

Vous n'êtes pas père, Lara; j'en suis sûr...
vous m'auriez épargné cette question cruelle!

LARA.

Ce n'est pas le desir de vous affliger qui a
dicté mes paroles... c'est l'amitié, l'intérêt le
plus tendre... Pourrais-je, dans ce péril extrême, vous cacher la vérité!.. Un jour, une
heure, un seul instant peut-être va décider
du sort de ces peuples: s'ils ne déposent les

armes, dès qu'ils en seront sommés, leur perte est sûre, inévitable... Sauvez-les de leur destruction! Mondejar comptait beaucoup sur vous, sur l'influence de votre famille, sur ce même don Ferdinand de Valor, qui vient de se mettre à la tête des révoltés...

MULEY CARIME.

Il a été séduit par des amis perfides, entraîné par la multitude...

LARA.

Mais ces amis, cette multitude, pourront-ils le sauver?

MULEY CARIME (*avec abattement*).

Dieu seul...

LARA.

Et vous.

MULEY CARIME.

Moi!...

LARA.

Vous-même.

MULEY CARIME.

Je ne vous comprends pas...

LARA (*on entend du bruit dans le lointain*).

Ce n'est point ici le lieu ni l'occasion de m'expliquer avec vous davantage. Mais j'espère vous entretenir encore, pendant quelques instants, avant mon départ... Peut-être

serons-nous assez heureux pour prévenir bien
des désastres!

(*On voit des Maures qui arrivent de tous côtés :
Aben Abo et Farax sortent sans être aperçus
de Lara ni de Muley Carime. On entend, du
côté du château, le son de petites timbales et
d'autres instruments moresques. Aben Humeya paraît ensuite accompagné des chefs, et
suivi par la foule. Tous les Maures sont armés
avec des arquebuses, des arbalètes, des fron-
des, etc. Quelques uns ont de petits étendards
rouges à la main. Ils se distribuent dans la
place, sur les degrés de l'église, dans les deux
rues du fond. Le tout doit former un tableau.*)

SCÈNE X.

LARA, MULEY CARIME, ABEN HUMEYA, ABEN ABO, ABEN FARAX, ABEN JOUHAR, LE PARTAL, LE DALAY, LE XENIZ;

L'ÉCUYER CASTILLAN ET PLUSIEURS MAURES.

ABEN HUMEYA.

Vous pouvez exposer votre message, noble
Lara; nous sommes prêts à vous écouter.

LARA.

L'illustre marquis de Mondejar, capitaine-
général du royaume de Grenade, m'envoie
vers vous, don Ferdinand...

TOUS LES MAURES (*l'interrompant brusquement*).
Aben Humeya!!!

ABEN HUMEYA.

(*Il fait un signe de commandement aux siens, et
puis s'adresse à Lara, qui semble d'abord un
peu surpris.*)

Vous pouvez continuer librement; vous ne
serez point interrompu.

LARA.

L'illustre Mondejar m'envoie vers vous et
vers ces peuples... Avant de me rendre son in-
terprète, je crois inutile de vous rappeler tous
ses titres à votre respect, à votre confiance,
j'ose même le dire, à votre gratitude... Ils
sont trop grands et trop récents pour que
vous les ayez oubliés. Depuis long-temps il
vous gouvernait rempli de zèle et de justice...
Il a fait plus: il a pris, comme un des beaux
titres de sa gloire, celui de votre protecteur
naturel, et a couru se jeter au pied du trône...
Ce n'était pas un chef intercédant en faveur
d'un peuple; c'était plutôt un père offrant sa
vie pour ses enfants! Comment avez-vous ré-
pondu à tant de loyauté?... Je n'ai pas besoin
de vous faire rougir: regardez autour de
vous... ou plutôt regardez vos mains; elles
sont teintes de sang innocent! Et c'est pourtant à la vue de telles horreurs, quand les

cris des victimes se font encore entendre, et
lorsque le bras de la justice est déjà levé sur
vos têtes, que j'ose vous adresser des paroles
de paix... Je connais Mondejar; il aime mieux
pardonner que punir! Mais ne vous abusez
pas sur les motifs ni sur les suites de cette
démarche... Il n'y a qu'une soumission
prompte, un repentir sincère, un recours à la
clémence du monarque, par l'intercession de
ce même chef, votre ange tutélaire, qui puissent aujourd'hui vous arracher à une ruine cer-
taine... Dieu, Dieu seul peut vous sauver demain!

ABEN HUMEYA.

(*Il aura paru distrait, à la fin du discours de
Lara, et comme préoccupé de quelque idée.*)
Holà! chargez ce Castillan de chaînes, et
traînez-le dans un cachot.
(*Quelques Maures font semblant d'obéir, et puis
s'arrêtent indécis.*)

LARA.

Comment!... Voudriez-vous couronner tant
de crimes par cet attentat!... Mais on n'approche pas impunément d'un vieux soldat des
tercios espagnols...
(*Il met la main sur la garde de son épée: l'écuyer
fait un mouvement avec sa lance.*)

ABEN HUMEYA.

Le courage, Lara, est dans cette occasion

tout-à-fait inutile... Vous allez éprouver vous-même les tourments que nos anciens tyrans nous ont fait éprouver... Nous verrons jusqu'où va cette constance castillane, dont vous paraissez si fiers ; nous verrons si vous n'achetez pas la vie au prix de votre soumission, de vos serments, de votre foi même...

LARA.

Moi, barbare, moi !... Je renoncerais, pour sauver une vie ignominieuse, je renoncerais à mon roi, à ma patrie, à la religion de mes pères !... La mort plutôt, mille fois la mort !

ABEN HUMEYA (*avec froideur et dédain*).
Voilà notre réponse. — Partez.

TOUS LES MAURES.

(*Dans un entraînement d'enthousiasme.*)
Vive Aben Humeya !!!

LARA (*après quelque hésitation*).
Écoutez-moi... de grace... un seul instant...

ABEN HUMEYA.

Qu'avez-vous à ajouter ? sont-ce des reproches ? Nous les avons entendus. Des promesses ? Vous les avez toutes violées. Des menaces ? Nous sommes résolus à mourir.

PLUSIEURS MAURES.

Nous le sommes tous !

D'AUTRES MAURES.

Tous !!!

LARA.

Mais vous avez des femmes, des enfants...
Avez-vous songé à leur sort?

ABEN HUMEYA.

Oui, nous y avons songé; et aussitôt nous
avons pris les armes.

QUELQUES CHEFS.

Pour ne les déposer jamais!... jamais!...

ABEN HUMEYA.

Vous venez d'entendre, Lara... Qu'atten-
dez-vous encore?...

LARA (*après une courte suspension*).

Eh bien, je vais, pour la dernière fois,
mettre votre sort dans vos mains; mais n'ou-
bliez pas, dans ce moment fatal, que vous
serez responsable, devant Dieu et devant les
hommes, de tout le sang qui va couler!
(*Il prend la lance de la main de son écuyer,
l'enfonce un peu dans la terre, et y suspend le
bouclier. — Il revient ensuite à sa place.*) Peuple de ces montagnes!... le marquis de Mondejar vous envoie son bouclier, en signe de
protection, et comme un gage inviolable de
paix... Voulez-vous le garder parmi vous, et
rentrer immédiatement sous l'obéissance du
roi de Castille?

PLUSIEURS MAURES.

Non!

D'AUTRES MAURES.

Non !!! (*Ils jettent des pierres et des flèches contre le bouclier, et le renversent.*)

ABEN ABO. (*Il saisit un brandon allumé du feu de joie; quelques autres Maures imitent son exemple : ils mettent le feu à l'église.*)

Dites à Mondejar qu'il vienne prendre possession de la ville... Nous allons nous-mêmes lui éclairer la route !

LARA.

Malheureux !... que faites-vous ?... C'est votre arrêt de mort.

(*Il fait un signe à l'écuyer, qui reprend aussitôt la lance et le bouclier.*)

SCÈNE XI.

LES MÊMES PERSONNAGES DE LA SCÈNE PRÉCÉ-
DENTE, LARA ET SON ÉCUYER EXCEPTÉS.

ABEN HUMEYA.

Allez, Muley Carime, accompagnez ce messager... et ne le quittez pas qu'il ne soit hors de la ville.

(*Il part. Aben Farax fait un signe à quelques Maures, et suit les pas de Muley Carime.*)

SCÈNE XII.

LES MÊMES PERSONNAGES DE LA SCÈNE PRÉCÉ-
DENTE, HORMIS MULEY CARIME, FARAX,
ET LES MAURES QUI L'ONT SUIVI

ABEN HUMEYA.

Et vous, Aben Jouhar, partez à l'instant
même; mettez-vous à la tête de nos peuples
soulevés, et empêchez nos ennemis de franchir le fleuve d'Orgiba...

SCÈNE XIII.

LES MÊMES PERSONNAGES DE LA SCÈNE PRÉCÉ-
DENTE, ABEN JOUHAR EXCEPTÉ.

ABEN HUMEYA.

Le sort en est jeté: vous venez de l'entendre de la bouche de nos ennemis... Plus de
paix, plus de trêve entre nous; on ne nous
laisse d'autre alternative que la victoire ou
l'échafaud!

TOUS LES MAURES.

Nous l'acceptons!!!

ABEN HUMEYA.

Que je suis fier en ce moment d'être le roi
d'un tel peuple!

LE PARTAL.

Nous périrons plutôt que de retomber sous le joug.

ABEN HUMEYA.

Quand on est prêt à périr, on est sûr de triompher. Suivez-moi, mes amis : donnons nous-mêmes le signal du combat; et que l'écho de ces montagnes ne répéte que des accents guerriers!

TOUS.

Vive Aben Humeya!!!

(On entend le bruit des acclamations et l'écho des instruments militaires: l'incendie de l'église augmente; les portes et les fenêtres s'écroulent, et laissent voir l'intérieur tout en flammes, tandis que la neige tombe en flocons.)

FIN DU SECOND ACTE.

....

ACTE TROISIÈME.

Le théâtre représente une salle d'un ancien château moresque. Au-devant, et à la droite du spectateur, sont les appartements de Muley Carime et de Zuléma, fermés par des portières d'étoffe. Du même côté, une ancienne horloge est adossée à une colonne; de l'autre côté sont deux fenêtres, à travers lesquelles on aperçoit une partie de la ville éclairée par la lune. Au fond de la salle, terminée par une colonnade à jour, sont à droite et à gauche deux escaliers parallèles conduisant à une galerie transversale qui domine le théâtre, du milieu de laquelle s'étend un long corridor. Au-dessous de la galerie, entre les deux escaliers, est l'entrée des souterrains défendue par des grilles en bronze. Une grande lampe, suspendue à la voûte, éclaire une partie de la salle.

SCÈNE I.

ABEN HUMEYA, ZULÉMA, FATIME;
FEMMES ET ESCLAVES NOIRES.

(Aben Humeya, Zuléma et Fatime sont assis sur des coussins, d'un côté du théâtre : à quelque distance est un groupe de femmes ; l'une d'elles chante, tandis que d'autres l'accompagnent avec des téorbes.)

ROMANCE MORESQUE.

Aben Hamet, en quittant sa patrie,
La mort dans l'âme et des pleurs dans les yeux,

6

S'arrête au bout de la plaine fleurie,
Belle Grenade, et te fait ses adieux.

Cité d'amour, paradis des fontaines,
Heureux et fier dans ton sein je vécus....
Je vais mourir sur des rives lointaines;
Hélas! hélas! je ne te verrai plus!

Au mois des fleurs, je verrai l'hirondelle
Quitter l'Afrique et franchir l'horizon:
Libre et joyeuse, en chantant où va-t-elle?...
De ses amours égayer ma maison.

Heureux oiseau, de mon cœur qui t'envie,
Porte avec toi les regrets superflus:
Va les offrir à ma chère patrie...
Hélas! hélas! je ne la verrai plus!

SCÈNE II.

ABEN HUMEYA, ZULÉMA, FATIME. (*Aux premiers mots que prononce Zuléma, Fatime se lève et fait retirer les femmes et les esclaves.*)

ZULÉMA.

Cette romance a un ton si naïf, si tendre, qu'elle va droit au cœur, et fait bien du mal... Je ne l'entends chanter jamais, sans laisser tomber de mes yeux quelques larmes...

ABEN HUMEYA.

Tu parais te plaire dans cet état de mélancolie, qui augmente chaque jour aux dépens de ton bonheur et du mien.

ZULÉMA.

Au contraire, je m'efforce d'éloigner de mon ame toutes les pensées funestes qui peuvent l'attrister.

ABEN HUMEYA.

As-tu quelque chagrin, quelque peine secrète?...

ZULÉMA.

Des secrets pour toi!... Le dis-tu sérieusement? Je n'ai jamais eu une seule pensée qui ne t'appartînt! Moi-même, je ne parviens pas à me rendre compte de cette tristesse habituelle... Je desire souvent, dans le cours de la journée, que la nuit approche, pour jouir au moins de quelque repos; mais si l'accablement et la langueur me ferment les yeux, il n'est pas de rêve affreux, pas d'image pénible qui ne vienne m'assaillir, pour m'éveiller en sursaut... Hier encore... Je ne veux pas t'attrister; je te tiens auprès de moi, et mon père repose là tranquille!

ABEN HUMEYA.

Mais à présent que peux-tu craindre?

ZULÉMA (*lui prenant la main affectueusement*).

Ce que je crains?... Tu n'aimes pas, Aben Humeya, tu n'aimes pas!... Je me rappelle maintenant, avec une émotion bien tendre, la vie tranquille que nous menions dans notre

6.

maison de campagne... Là, point d'ennemis,
point de rivaux; tu faisais des heureux, et tout
respirait, autour de nous, la paix et le bonheur... Cependant, le croiras-tu?... je trou-
vais, là même, des motifs d'être inquiète...
Quelle différence, mon ami, quelle différence!... Les peines d'autrefois me paraissent
maintenant la suprême félicité... Je te l'avoue:
depuis que notre situation est changée, depuis que je te vois environné de ce vain éclat
qui cache tant de périls, je ne prévois que des
malheurs... Es-tu plus heureux, Aben Humeya?... Tu ne me le diras pas, mon ami; je
le sais bien.

FATIME.

Pour moi, je suis très contente d'être la fille
d'un roi... Tout le monde me le dit; et j'ai
tant de plaisir à l'entendre!... Il n'y a que ce
vieux château, que je ne puis souffrir... Il a
quelque chose de triste et de sombre, qui me
serre le cœur... Que notre maison de campagne était plus belle, plus riante! Je la parcou-
rais toute, la nuit aussi bien que le jour; mais
ici je n'en ferais pas autant pour rien au
monde.

ABEN HUMEYA (souriant).

Tu n'es pas brave, Fatime... Je croyais
que les filles des rois n'avaient pas peur.

FATIME.

Je n'ai pas peur, je vous assure; mais j'ai entendu raconter des histoires si affreuses!... C'est dans ce même château que résida, pendant quelque temps, *Abdilehi le Zagal*, qui fut maudit du ciel, pour avoir prêté ses armes au roi de Castille... La pierre où il s'asseyait est devenue toute noire! Mais ce qui m'effraie davantage ce sont ces taches de sang que je vois par-tout sur les murs... Je n'aime pas les chrétiens... ils nous ont fait tant de mal!... Mais que Dieu me pardonne!... quand je me rappelle leur massacre, j'éprouve un sentiment de pitié.

ZULÉMA.

Tais-toi, ma fille...

ABEN HUMEYA.

Laisse-la... quand je l'entends, j'oublie tout au monde!

FATIME.

La première grace que j'ai à vous demander c'est de ne pas rester ici... Nous ne serons vraiment heureux que quand nous ne verrons plus ces sombres murailles... Si vous aviez entendu ce que me disait ce matin ma vieille esclave égyptienne!... Dans six lunes, au plus tard, nous serons à Grenade. Je n'aurai pas peur alors; non, mon père, vous ne vous moquerez plus de moi... Je parcourrai à minuit tout le palais de l'Alhambra.

ZULÉMA.

Tu es devenue folle, Fatime...

ABEN HUMEYA.

Laisse-la, je t'en prie... Qu'est-ce que l'esclave te disait, ma chère?

FATIME.

Oh! elle me racontait des merveilles; et je la priai mille fois de me les répéter... « Ton père, me disait-elle, sera bientôt roi de l'Andalousie, et chassera les chrétiens au-delà de la *Sierra Morena...* Toi... » Quant à moi... je n'ose pas le dire.

ABEN HUMEYA.

Pourquoi?... T'annonçait-elle quelque chose de triste?

FATIME.

Il s'en faut bien!... Elle m'a prédit, au contraire, que je deviendrai l'épouse d'un grand prince... Mais je ne vous quitterai pas, ma mère; nous pourrons demeurer, mon mari et moi, au Généralife.

ZULÉMA.

Tu me fais sourire, ma fille... Je ne t'ai vue, de ma vie, si contente.

ABEN HUMEYA.

Et moi aussi, je suis plus heureux maintenant que je te vois moins triste.

ZULÉMA (*se tournant inquiète vers la galerie du fond*).

Mais quelle est cette rumeur?...

ABEN HUMEYA.

Ce n'est rien... Le vent, qui souffle dans le long corridor...

ZULÉMA.

Je croyais y avoir entendu des pas...

ABEN HUMEYA.

Et qui pourrait venir à cette heure?

ZULÉMA.

Je n'en sais rien; mais il me semble que j'entends quelque bruit de plus près... (*Ils écoutent en silence.*) Je ne me trompais pas; quelqu'un arrive...

(*Aben Abo et Aben Farax paraissent à l'entrée du corridor; et ils attendent que Zuléma et Fatime se soient retirées.*)

ABEN HUMEYA.

C'est Aben Abo et Farax.

ZULÉMA.

Que viennent-ils chercher ici?... Leur seule présence m'effraie.

ABEN HUMEYA.

Ne t'inquiète pas, Zuléma... va reposer tranquille.

ZULÉMA.

Adieu, mon ami, à demain...

ABEN HUMEYA.

A demain... Que je te trouve plus heureuse et plus gaie.

(*Zuléma se retire en laissant entrevoir son inquié- tude. Aben Humeya se montre, pendant un mo- ment, distrait, comme si quelque triste pensée l'avait assailli tout-à-coup.*)

FATIME.

Vous ne m'embrassez pas ce soir?

ABEN HUMEYA (*l'embrassant*).

Si, ma fille... de tout mon cœur.

FATIME.

Je vais rêver, toute la nuit, au beau château de l'Alhambra. (*Elle part d'un air enjoué.*)

SCÈNE III.

ABEN HUMEYA, ABEN ABO, ABEN FARAX.

(*Ils entrent lentement, d'un air mystérieux, et vont se placer chacun d'un côté d'Aben Hu- meya.*)

ABEN ABO.

Aben Humeya, nous t'apportons une triste nouvelle...

ABEN FARAX.

Et nous sommes forcés de te déchirer le
cœur.

ABEN HUMEYA (*avec vivacité*).

Mon père a-t-il péri?

ABEN ABO.

Hier il vivait encore.

ABEN HUMEYA.

Je n'ai rien à craindre; je viens de quitter
ma femme et ma fille.

ABEN ABO.

Ah! ce sont elles qui vont te coûter des
larmes de sang...

ABEN FARAX.

Leur bonheur et le tien ont fini pour jamais!

ABEN HUMEYA.

Que dites-vous?... plus de mystère! Je pré-
fère le plus grand malheur à cette incertitude.

ABEN ABO.

Quand tu auras devant les yeux l'affreuse
vérité...

ABEN HUMEYA.

N'importe, je veux la savoir tout entière;
parlez.

ABEN ABO (*à Farax*).

C'est à toi de lui apprendre...

ABEN HUMEYA.

Et pourquoi ne pas le faire toi-même?

ABEN ABO.

Tu le devineras, lorsque tu sauras le crime
et le coupable...

ABEN HUMEYA (*avec impatience*).

Quel crime, quel coupable?...

ABEN ABO.

On nous a trahis, vendus, livrés par le plus
noir complot...

ABEN HUMEYA.

Et pourquoi crains-tu de le révéler?

ABEN ABO.

Je ne crains que pour toi...

ABEN HUMEYA.

Pour moi!... ne t'inquiète pas, Aben Abo...
s'il y a des dangers à courir, je sais les affron-
ter; s'il y a des criminels, je saurai les punir.

ABEN ABO.

Ta main tremblera long-temps avant de les
frapper...

ABEN HUMEYA.

Prononcez le nom des coupables; et l'éclair
ne sera pas plus prompt.

ABEN ABO.

Muley Carime... Mais tu changes de couleur!... remets-toi, Aben Humeya...

ABEN FARAX.

Ta situation nous fait pitié.

ABEN HUMEYA.

(*Il reste, pendant quelque temps, déconcerté et interdit; puis, revenant sur lui-même, il reprend d'un ton grave.*)

Et sur quels indices se fonde un si étrange soupçon?

ABEN ABO.

Plut à Dieu que ce ne fussent que des indices!... nous aurions pu fermer les yeux.

ABEN FARAX.

Ce sont bien des preuves...

ABEN HUMEYA.

Mais sont-elles certaines?

ABEN FARAX.

Incontestables.

ABEN HUMEYA.

Y a-t-il des témoins?

ABEN ABO.

Un seul.

ABEN HUMEYA.

L'accuse-t-il?

ABEN ABO.

Il le condamne.

ABEN HUMEYA.

Il peut se tromper...

ABEN ABO.

Il ne le peut pas.

ABEN HUMEYA.

Ou bien desirer sa ruine...

ABEN ABO.

Il voudrait à tout prix le sauver.

ABEN HUMEYA.

Est-il son ami?

ABEN ABO.

Plus encore.

ABEN HUMEYA.

Qui est-il donc?...

ABEN ABO.

C'est lui-même.—Tu peux garder cette lettre... elle est déja connue.

(*Il remet un papier à Aben Humeya, qui le lit en
silence, laissant apercevoir son trouble. Aben
Abo et Aben Farax l'observent avec soin, tandis qu'il reste immobile, les yeux fixés sur le
papier.*)

ABEN HUMEYA.

(*Dans un moment de distraction et de rêverie.*)

heureuse!.. ton cœur ne te trompait pas...
tu as bien à pleurer!... (*Il reprend le papier, et
semble le relire.*)

ABEN FARAX.

Voyez comme on espérait nous ramener à

l'esclavage... On n'attendait qu'un moment de faiblesse pour river de nouveau nos fers...

ABEN ABO.

Mais, du moins, il n'est pas ingrat... Il ne t'oubliait pas, Aben Humeya... il demandait ta grace... il voulait sauver ta famille aux dépens de notre liberté... L'exemple de Boabdil, jouissant en Afrique de ses trésors infames, paraissait sourire aux yeux du perfide!

ABEN HUMEYA (*d'un ton sévère*).

C'est assez. Comment cette lettre est-elle tombée dans vos mains?

ABEN FARAX.

Lara qui en était chargé l'a laissée sur sa route.

ABEN HUMEYA.

Où l'avez-vous trouvée?

ABEN FARAX (*froidement*).

Sur son cadavre.

ABEN HUMEYA.

Et vous avez violé, par une embûche indigne...

ABEN FARAX.

Continuez, Aben Humeya; ne vous retenez pas... quand on vient de déjouer une trahison infame, on peut de sang-froid écouter des reproches. Nous avions vu l'adroit messager s'entretenir, d'un air mystérieux, avec

Muley Carime... nous avons même saisi quelques paroles... nous connaissions ce vieillard
timide, ses desseins, ses anciennes liaisons
avec Mondejar... nous étions sûrs qu'il ne lais-
serait pas échapper la seule occasion favorable
qui lui fût offerte... et nous avons dû profiter,
à notre tour, de la seule qui nous restât pour
le démasquer, pour le confondre. Est-ce
notre faute, si ce Castillan orgueilleux a pré-
féré de mourir plutôt que de céder? Dans sa
longue agonie, le ciel fit qu'il découvrit le
crime, par les moyens mêmes qu'il employait
pour le cacher; et ce ne fut qu'après sa mort
que nous trouvâmes sous sa main roidie cette
lettre fatale. (*Il met la main sur sa poitrine, en
imitant l'action de Lara.*)

ABEN ABO.

Elle ne laisse pas l'ombre même du doute;
la trahison est avérée; le coupable lui-même
l'a scellée de sa main...

ABEN FARAX.

Et doit bientôt la sceller de son sang

ABEN ABO.

Qui pourrait en douter!... Nous avons tout
hasardé, pour secouer un odieux esclavage...
et nous livrerions notre sort aux machinations
de quelques traîtres!... On n'osera point nous
le proposer; nous ne saurions pas le souffrir.

ABEN HUMEYA.

Ni moi, je ne souffre pas non plus d'avertis-
sements ni de menaces... Vous avez rempli
votre devoir; je remplirai le mien; sortez.

ABEN ABO.

J'étais loin de vous adresser des avertisse-
ments ni des menaces... Serait-ce déjà vous insulter que vous rappeler vos serments?

ABEN HUMEYA.

Je ne les ai pas oubliés, pour qu'on me les
rappelle.

ABEN ABO.

Quand on hésite à les remplir, on est près
de les oublier.

ABEN HUMEYA.

Je suis plus près encore de punir l'in-
lence. Sortez... sortez!... (*Il s'éloigne d'un air
courroucé. Aben Farax tire du bras Aben Abo,
et l'emmène avec lui.*)

ABEN ABO (*s'arrêtant au milieu du théâtre*).

Que j'ai peine à retenir ma juste colère!...

ABEN FARAX.

Viens, Aben Abo, ne perdons pas de temps...
Va te mettre à la tête de nos amis... Je vais
m'emparer des issues secrètes du château.

ABEN ABO (*s'éloignant*).

Je reviens...

(*Ils sortent.*)

SCÈNE IV.

ABEN HUMEYA.

*(Il paraît plongé dans la plus grande agitation :
tantôt il se promène à grands pas, et tantôt il
s'arrête ; il interrompt ses discours pour les reprendre ensuite ; et il fait voir, de toutes ma-
nières, l'état de trouble où se trouve son ame.)*

Qu'as-tu fait, malheureux, qu'as-tu fait ? Tu
m'as livré sans défense aux mains de mes ennemis !... Mais tu ne l'auras pas fait impunément. Non, non ; je jetterai ta tête sanglante
à la face de ces audacieux !... Et pourquoi
douter un seul instant ? Il nous a trahis ; qu'il
périsse ! quoi de plus juste ? Cet exemple d'ailleurs arrêtera d'autres desseins coupables,
imposera silence à mes rivaux, affermira mon
trône... Mais l'affermira-t-il ?... C'est dans ma famille, dans mes foyers mêmes, que va se mon-
trer aux peuples indignés le premier traître à
la patrie ; il pourra, du haut de l'échafaud,
appeler mes fils *ses enfants !...* C'est peut-être
ce que désirent davantage ces perfides ; il leur
tarde de me voir humilié aux yeux de la multitude, afin de miner par le mépris ma puissance d'un jour, en attendant qu'ils puissent
l'abattre. Ils veulent me voir rougir, en nom-

mant le coupable, et rentrer honteux dans ma
demeure, essuyer les plaintes, les reproches
d'une épouse désolée! Non; qu'il vive, qu'il
vive... il faut sauver le père de ma femme...
et que la joie de mes ennemis ne soit pas si
complète!... Mais quel moyen d'y parvenir?...
Ils vont publier par-tout sa trahison; on con-
naît déjà la mort de Lara et la lettre trouvée
sur son sein; ils me sommeront de présenter
la preuve du crime... Comment les démentir?...
La moindre contradiction, le moindre retard
me perdrait aux yeux d'un peuple emporté,
méfiant, qui vient de briser ses fers, et qui
souffre à regret l'ombre même de la domination... Je ne le sauverais pas, et il m'entraîne-
rait dans sa ruine... Qu'il périsse, qu'il périsse
tout seul!... Mais je ne puis sortir de ce cercle
fatal : la honte de son supplice va rejaillir sur
mon épouse, sur mes enfants, sur moi-même;
il va périr en butte à la haine du ciel, aux ma-
lédictions de cent peuples, aux insultes d'une
foule effrénée... et moi, son ami, son hôte,
moi qui aujourd'hui même l'appelais *mon père*,
je serai forcé de souscrire, d'assister, d'ap-
plaudir à sa mort!... Non; je ne saurais sur-
vivre à cette humiliation; il faut l'éviter à tout
prix! Le moyen... le moyen... un seul, quel
qu'il soit, un seul, et je l'adopte... (*Se tournant*

vers l'appartement de Muley Carime.) Ah! ce n'est pas ta vie, misérable, ce n'est pas ta vie qui embarrasse mes pas; je te traîne comme un cadavre qu'on a lié fortement à mon corps! Et pourquoi ne pas m'en délivrer?... Je le puis; je le dois; je vais le faire. Plus d'hésitation, plus de doute: un seul instant peut décider mon sort! Avant que ces perfides aient eu le temps de se reconnaître; tandis qu'ils délibèrent, qu'ils choisissent, qu'ils arrêtent leur plan pour me perdre, détruisons leurs projets par un coup décisif... Vous me demandiez tout-à-l'heure, vous m'imposiez d'un ton de maîtres la mort du coupable! Eh bien! attendez un moment; je vais vous satisfaire... Mais il emportera vos espérances dans le tombeau.

SCÈNE V.

ABEN HUMEYA, ALIATAR.

ABEN HUMEYA.

Aliatar!... Aliatar!... (*L'esclave noir paraît, ayant un long poignard à sa ceinture.*) Où sont les autres esclaves?

ALIATAR.

Dans la cour du château.

ABEN HUMEYA.

Es-tu seul?

ALIATAR.

Seul.

ABEN HUMEYA.

Personne n'écoute?

ALIATAR.

Personne.

ABEN HUMEYA.

Va réveiller Muley Carime; qu'il vienne à l'instant même... je l'attends ici. (*Il lui fait un signe de s'approcher de lui; et puis lui dit d'un ton mystérieux:*) Tu te tiendras là bas, caché dans l'ombre, à l'entrée du long corridor... S'il sort, et que je reste... frappe. (*L'esclave va partir précipitamment.*) Arrête!... (*Après un instant de suspension.*) Ta tête ne tient qu'au secret.

(*L'esclave s'incline profondément, et part tout de suite.*)

SCÈNE VI.

ABEN HUMEYA.

(*Il se promène silencieux, laisse tomber les paroles suivantes, et se jette sur les coussins, dans un état d'abattement et de rêverie.*)

Il dort tranquille... et peut-être que dans ce moment même il rêve à son bonheur!... Garde ton sommeil, infortuné... garde-le, un

7.

seul instant encore... Tu vas te réveiller
pour la dernière fois!...

(*Dans l'intervalle des deux scènes, l'esclave tra-
verse le théâtre, et va se placer dans l'endroit
indiqué, de manière à être aperçu, dans le lointain, par les spectateurs.*)

SCÈNE VII.

ABEN HUMEYA, MULEY CARIME.

MULEY CARIME.

Quel motif si pressant me fait paraître devant toi, à une telle heure?...

ABEN HUMEYA.

Une affaire très grave, sur laquelle je dois
vous consulter.

MULEY CARIME.

Et tu as voulu profiter de la solitude et du
silence de la nuit... Ou bien cette affaire im-
portante doit être décidée avant le jour.

ABEN HUMEYA (*lui montrant la pendule*).

Regardez, Muley Carime, regardez!

MULEY CARIME.

Une heure vient de sonner.

ABEN HUMEYA.

Quand l'heure prochaine sonnera, cette
grande affaire sera terminée.

MULEY CARIME.

Terminée!

ABEN HUMEYA.

Et pour toujours...

(*Il se fait silence pendant quelques instants.*)

MULEY CARIME.

Tu parais préoccupé, Aben Humeya... Je vois bien que quelque grand chagrin t'agite...

ABEN HUMEYA.

C'est un secret fatal...

MULEY CARIME.

Et pourquoi tarder à me le confier?

ABEN HUMEYA.

Ne vous empressez pas de le savoir... Il pèsera toujours sur mon ame, et il va vous accabler.

MULEY CARIME.

Mais quel est donc ce secret?... Ah! je te l'avais bien prédit: ce n'est ni l'élévation, ni la puissance qui peuvent nous donner sur la terre un seul jour de bonheur: tu as perdu la paix de ton ame; tu as joué ton sort; tu as tout sacrifié pour un peuple inconstant, qui t'abandonnera au jour du danger...

ABEN HUMEYA.

Et que j'ai juré de défendre, même au prix de mon sang. Avez-vous entendu, Muley

Carime, avez-vous entendu?.... *Même au prix*
de mon sang...

MULEY CARIME.

Et pourquoi m'adresses-tu ces paroles?...

ABEN HUMEYA.

Je vous prie seulement de les bien peser.

MULEY CARIME.

Je ne te comprends pas...

ABEN HUMEYA.

Vous allez me comprendre. J'ai tout sacrifié
pour l'affranchissement de ce peuple... Vous
venez de le dire; et lui, à son tour, il a mis en
moi sa confiance, sa force, l'espoir de son
sort... Tiendra-t-il ses promesses? Dieu le
sait! Moi, je sais que je tiendrai les miennes.

MULEY CARIME (*l'interrompant*).

Mais...

ABEN HUMEYA.

Pas encore... écoutez. J'ai un vieux père,
dont la vie m'intéresse bien plus que ma vie
même... Il est sous la main de nos ennemis,
chargé de fers, le couteau sur la gorge... Je le
sais, je le savais quand j'ai donné le signal
contre ses bourreaux... et ils connaissent bien,
les cruels, le moyen de m'atteindre!

MULEY CARIME.

Pourquoi vas-tu si vite au-devant du malheur?...

ABEN HUMEYA.

Écoutez-moi en silence; je finis à l'instant.
J'ai risqué la vie de mon père; chaque coup
que je frappe peut hâter sa mort; et pourtant
je n'ai pas hésité... Calculez, calculez vous-
même, si quelque chose au monde pourra me
retenir !

MULEY CARIME.

Mais d'où vient que tu jettes sur moi ce
regard triste et sombre?... Que veux-tu me
dire ?

ABEN HUMEYA.

Maintenant que je vous ai montré le fond
de mon cœur, je vais vous consulter sur cette
grande affaire... et vous saurez d'avance à
quoi vous en tenir. Il y a parmi nous un
traître...

MULEY CARIME.

Un traître !... En es-tu sûr?

ABEN HUMEYA.

Sûr; et vous allez l'être vous-même! Quelle
punition mérite-t-il ?

MULEY CARIME.

A-t-il des enfants? (*Aben Humeya garde le
silence*). Tu ne réponds pas, Aben Humeya?

ABEN HUMEYA.

Il n'en aura plus demain.

MULEY CARIME (*à part*).

Quel souvenir, grand Dieu!

ABEN HUMEYA.

Vous paraissez troublé...

MULEY CARIME.

Moi, non... Je plains ce malheureux... je suis père aussi...

ABEN HUMEYA.

Je vois qu'il vous inspire une pitié bien tendre... Est-ce que son nom vous serait connu?...

MULEY CARIME.

Et comment veux-tu que je le connaisse?

ABEN HUMEYA.

Rentrez un instant en vous-même... Consultez votre mémoire... Votre cœur vous aidera peut-être...

MULEY CARIME.

Il me serait plus facile de l'apprendre de toi...

ABEN HUMEYA.

Voulez-vous m'y forcer?...

MULEY CARIME.

Je ne t'y force pas; je te le demande.

ABEN HUMEYA.

Et moi je voudrais l'éviter à tout prix.

MULEY CARIME.

Mais d'où vient que tu hésites à prononcer le nom du coupable?

ABEN HUMEYA.

C'est que son nom, en sortant de ma bouche, porte avec lui son arrêt de mort.

MULEY CARIME.

Son arrêt de mort!...

ABEN HUMEYA.

Et à l'instant même.

MULEY CARIME (*d'une voix altérée*).

Je plains ce malheureux... je le plains de toute mon ame; mais puisque tu veux absolument que j'écoute son nom...

ABEN HUMEYA.

Au contraire, vous ne l'entendrez pas.

MULEY CARIME.

Non !

ABEN HUMEYA.

Vous le verrez de vos propres yeux.

(*Aben Humeya lui montre la lettre ouverte : Muley Carime l'écarte de sa main.*)

MULEY CARIME.

Il suffit.(*Après un court intervalle, et en même temps qu'il regarde Aben Humeya, en lui montrant l'appartement de sa femme.*) Es-tu le seul dépositaire de ce secret?...

ABEN HUMEYA.

Il y en a d'autres.

MULEY CARIME.

Qui ?

ABEN HUMEYA.

Aben Abo et Farax.

MULEY CARIME.

Je connais mon sort.

ABEN HUMEYA.

Vous le connaissez !

MULEY CARIME.

Et je l'attends tranquille.

ABEN HUMEYA.

(*Il jette un coup d'œil autour de l'appartement, tire de son sein un petit flacon d'or, l'ouvre, et le lui présente.*)

Prenez : sauvez-vous. (*Il détourne le visage, et se jette sur les coussins dans le plus grand accablement.*)

MULEY CARIME.

(*Il prend le flacon, boit, et fixe sur Aben Humeya un regard immobile. S'approchant de lui :*)

Tu régneras. (*Ils restent pendant quelques instants dans cette situation.*) Écoute, Aben Humeya, écoute... Tu me connais bien tard... trop tard !... Tu m'avais mal jugé ; mais, dans ce moment, ton cœur me rend pleine justice ; il me venge, et l'humilie devant moi... ta main tremblait plus que la mienne, en saisissant ce poison mortel !... J'étais bien loin d'aimer nos oppresseurs... je les haïssais de toute mon ame, autant que toi, plus encore peut-être... ils m'avaient rendu plus long-temps malheureux ! Mais j'étais père, Aben Humeya, j'étais père, et je voyais en danger mes enfants... Malheureux, je tremblais pour ton épouse et pour ta fille, quand tu m'accusais de faiblesse ! (*Réprimant son attendrissement.*) L'amour de mes enfants me coûte la vie : tu le vois ; je meurs pour les sauver... que je n'emporte pas dans le tombeau le regret d'avoir fait en vain un tel sacrifice !... Veux-tu me le promettre ?

ABEN HUMEYA (*se levant*).

Mais... que puis-je faire ?

MULEY CARIME.

Engage-moi ta parole... et je verrai plus tranquille s'approcher mon heure fatale !

ABEN HUMEYA.

Si je le puis...

MULEY CARIME.

Tu le peux.

ABEN HUMEYA.

Je le promets.

MULEY CARIME.

Tu vas le jurer dans mes mains. Mais pourquoi ce mouvement ?... C'est moi qui le pre-

mier te présente la mienne... serre-la, Aben
Humeya, serre-la sans crainte; elle n'est pas
encore froide! (*Il lui prend la main*) Écoute
maintenant... ne tremble pas; écoute!... Le
bruit des armes va pénétrer bientôt dans ces
contrées... les braves combattront; je n'en
doute pas; mais leurs familles!... Ah! n'expose
pas ma fille, n'expose pas sa chère enfant, aux
horreurs d'une guerre d'extermination... quel
serait leur sort, si tu venais à périr?... Vois ma
destinée, Aben Humeya, toujours ma destinée: à présent même, je tremble pour ta vie!
Mais tu peux soulager mon ame, si j'emporte
avec moi l'espérance d'avoir atteint mon but...
J'avais fait équiper, quand je vis s'annoncer
ces orages, un bâtiment tunisien, qui se trouve
dans le port d'Adra... en quelques heures on
peut le gagner; en quelques heures il peut
transporter à Tanger ta femme et ta fille...

ABEN HUMEYA.

Je le ferai...

MULEY CARIME.

Et je compte sur ta promesse. Maintenant
je porte dans mon sein la conviction que tu
n'oserais pas me tromper!

SCÈNE VIII.

ABEN HUMEYA, MULEY CARIME, LE PARTAL; QUELQUES MAURES.

(*Ils arrivent par le long corridor.*)

LE PARTAL (*lui criant de loin*).

Aben Humeya, sauvez-vous!

ABEN HUMEYA.

Moi me sauver! où est l'ennemi?...

LE PARTAL.

Il a franchi le fleuve, il approche... Mais ce n'est pas lui qui vous menace; ce sont nos guerriers révoltés.

ABEN HUMEYA.

Est-il possible!...

LE PARTAL.

On a répandu parmi eux les accusations les plus odieuses... On dit que votre oncle Aben Jouhar a vendu à l'ennemi le passage du fleuve; que vous-même vous êtes son complice...

ABEN HUMEYA.

Moi!

LE PARTAL.

On parle tout haut de la trahison de Muley Carime...

ABEN HUMEYA.

Ah! je reconnais les perfides... mais leur
joie s'éteindra bientôt. (*Il va partir.*)

SCÈNE IX.

ABEN HUMEYA, MULEY CARIME, LE
    PARTAL, LE XENIZ, ALIATAR; QUEL-
QUES MAURES, ET UNE FOULE D'ESCLAVES.

LE XENIZ (*hors d'haleine, du haut de la galerie*).

Où allez-vous?... Arrêtez! Il n'y a pas un
moment à perdre... On vient en foule assaillir
le château... on ose même demander votre
tête...

ABEN HUMEYA.

Je vais la leur porter. Mes armes! (*Aliatar
court les chercher.*)

SCÈNE X.

LES PRÉCÉDENTS, ALIATAR EXCEPTÉ.

LE XENIZ.

Ce sont Aben Abo et Farax qui conduisent
les rebelles...

ABEN HUMEYA.

Mes armes! où sont mes armes?...
    (*Deux esclaves partent en toute hâte.*)

LE PARTAL.

Nous avons encore une retraite assurée par cette issue secrète...

ABEN HUMEYA.

Mes armes !!!

SCÈNE XI.

LES PRÉCÉDENTS, ALIATAR.

(*Aliatar apporte un sabre et un poignard, et les donne à Aben Humeya.*)

ABEN HUMEYA (*tirant le fer et jetant au loin le fourreau*).

Je te remercie, ô sort, je te remercie... je vais verser de ma main le sang de ces deux traîtres, ou mourir en roi.

(*Ils sortent.*)

SCÈNE XII.

MULEY CARIME, ZULÉMA.

ZULÉMA (*en ouvrant la porte*).

Quel est ce bruit?... Mon père !

MULEY CARIME.

Ma fille... Grand Dieu !

ZULÉMA.

Je croyais avoir reconnu la voix de mon

époux... Dans ce moment même, je pensais
à vous deux.

MULEY CARIME.

A nous deux !...

ZULÉMA.

Oui, mon père; je ne vous sépare jamais
dans ma pensée ni dans mon cœur... ma
dernière prière, avant de me livrer au sommeil, s'adresse à Dieu pour vous et pour lui !

MULEY CARIME.

Zuléma !....

ZULÉMA.

Vous paraissez attendri, et vous faites de
vains efforts pour retenir vos larmes... Quelle
nouvelle calamité nous menace encore ?...

MULEY CARIME.

Ne t'effraie pas, ma fille... mais... je dois
te quitter...

ZULÉMA.

Me quitter !... et quelle cause assez pres-
sante pourrait vous forcer ?...

MULEY CARIME.

C'est nécessaire.

ZULÉMA.

Mon époux le sait-il ? (*Muley Carime ne ré-*
pond pas.) Ah ! je le vois bien; c'est lui-même
qui vous l'a ordonné... mais ce départ n'aura

pas lieu; non, non... je saurai l'empêcher.
(*Elle part, pleine d'espérance.*)

MULEY CARIME.

Arrête... où vas-tu?

ZULÉMA (*avec abattement*).

J'allais trouver mon époux... ne m'est-il
pas permis de le prier pour mon père?

MULEY CARIME.

C'est inutile, ma chère Zuléma... tout-
à-fait inutile...

ZULÉMA.

Ne le croyez pas... Je ne lui ai point de-
mandé d'autre grace, et il sait combien je
vous aime!... Loin de vous, je le dis du fond
de mon cœur, je ne pourrais supporter la
vie!...

MULEY CARIME.

Pourquoi ces larmes maintenant?

ZULÉMA.

Je ne pleure pas, mon père... je m'atten-
dris toujours quand un souvenir, bien triste,
vient traverser mon ame... Dieu, Dieu sait
ce que je lui demande souvent! (*Elle prend
avec une grande 'motion la main de son père.*)
Il m'exaucera... oui, il m'exaucera... J'ai déja
pleuré ma mère... ma pauvre mère... et,
mon cœur me le dit, je ne pleurerai qu'elle!...

8

MULEY CARIME (*se débarrassant de sa fille, et se jetant sur le sofa.*)

C'est trop, mon Dieu, c'est trop!... Ayez pitié d'un père!... (*Après quelque intervalle.*) Viens, Zuléma, viens... approche plus près de moi...

ZULÉMA (*avec vivacité*).

Vous ne partirez pas?

MULEY CARIME.

Il le faut, ma fille.

ZULÉMA.

Mais... du moins vous reviendrez bientôt?

MULEY CARIME.

Bientôt!...

ZULÉMA.

Que veut dire ce sourire amer?... Il a glacé mon sang!

MULEY CARIME.

J'ai besoin d'un peu de recueillement... Il faut nous séparer. (*Il se lève.*) Tes paroles déchirent mon ame, et je ne suis pas assez fort... Tu remplis d'amertume mes derniers instants...

ZULÉMA (*tout effrayée*).

Les derniers!...

MULEY CARIME (*revenant à lui*).

Les derniers qui me restent avant de te

quitter. (*Il l'embrasse avec la plus grande tendresse.*) Adieu, Zuléma... Dieu sera ton père... Il est toujours celui des malheureux !...

ZULÉMA.

Pourquoi ces paroles mystérieuses, cet accent déchirant?... Quelque péril vous menace peut-être...

MULEY CARIME.

Non, ma fille, aucun...

ZULÉMA.

C'est donc un triste pressentiment... Si je vous voyais pour la dernière fois!... Oh! non, mon père, non, vous ne partirez pas. (*Elle se jette tout-à-coup aux pieds de son père, et embrasse ses genoux.*)

MULEY CARIME.

Laisse-moi, ma fille... laisse, au nom du ciel... tu me fais souffrir mille fois les tourments de la mort!

ZULÉMA.

Attendez au moins jusqu'au jour... Nous passerons ensemble quelques heures encore... Je préparerai mon ame à cette séparation cruelle!

MULEY CARIME.

Non, ma fille, non... On m'attend déjà!...
(*La pendule sonne deux heures : Muley Carime*

8.

semble frappé d'un coup de tonnerre, et tombe
sur les coussins.)

ZULÉMA.

D'où vient ce frémissement?... (*Regardant
l'horloge.*) C'est l'horloge qui a sonné... (*Revenant à son père.*) Qu'est-ce que je vois!... Vous
êtes pâle, défait... Vos yeux immobiles sont
fixés sur moi, et ils ne répandent plus une seule
larme!... (*Elle se lève effarée.*) Aben Humeya!...
Aben Humeya!... (*Muley Carime place sa main
sur la bouche de sa fille, comme pour l'empêcher
de crier: elle la repousse avec horreur.*) Ah, mon
Dieu!... sa main est glacée.

MULEY CARIME.

Ma fille... ma fille...

ZULÉMA.

Respirez, mon père, respirez... Nous ne
nous séparerons pas... Je vous suivrai par-
tout. (*Muley Carime la regarde avec une tendresse extrême; et en lui prenant la main, il la
porte sur son cœur.*) Oh! oui, je le sais bien; je
suis là... je suis là pour toujours...

MULEY CARIME (*avec un gémissement douloureux*).

Pour toujours... (*Il expire.*)

ZULÉMA.

Mon père... mon père... vous ne répon-
dez pas?... Vous ne reconnaissez plus votre
fille!... Viens, Aben Humeya, viens à mon

secours.... Mon père est mort! (*Elle tombe
aux pieds de Muley Carime.*)

(*Après un court silence, on entend vers le fond,
et dans le lointain, le tumulte de la révolte, et
quelques coups d'arquebuse; puis des coups re-
doublés du côté de l'appartement de Zuléma.*)

SCÈNE XIII.

LES MÊMES; FATIME, LA VIEILLE ES-
CLAVE; FEMMES ET ESCLAVES NOIRES. (*Elles
sortent dans la plus grande consternation.*)

FEMMES ET ESCLAVES (*au moment de sortir*).

Sauvons-nous!...

FATIME (*accourant vers Zuléma*).

Ma mère!... (*En voyant Muley Carime, elle
recule épouvantée, et va se réfugier auprès de la
vieille esclave.*) Ah, mon Dieu!...

LA VIEILLE ESCLAVE.

Rassure-toi, Fatime... elle n'est qu'évanouie.

(*Les femmes et les esclaves entourent Zuléma, et
la relèvent : une d'elles détache son voile, et le
jette sur la tête de Muley Carime. Fatime se
jette dans les bras de sa mère, qui semble d'a-
bord insensible. Les coups redoublent.*)

UNE FEMME.

Écoutez!... écoutez!... on enfonce la porte;
on entend déjà le bruit des armes...

FEMMES ET ESCLAVES.

Fuyons!... fuyons!...

FATIME.

Venez, ma mère!...

ZULÉMA. (*Elle revient peu à peu, et regarde autour
d'elle d'un œil égaré.*)

C'est toi, ma fille!... oui, c'est toi... c'est
bien toi... je te vois, je te touche, je te presse
sur mon sein... je puis enfin pleurer!.. (*Elle
fond en larmes dans les bras de Fatime.*)

LA VIEILLE ESCLAVE.

Venez, au nom de Dieu, venez!... le
moindre retard peut vous coûter la vie.

ZULÉMA.

Mon époux, où est-il?

LA VIEILLE ESCLAVE.

Il va revenir à l'instant.

ZULÉMA.

Où est-il?

LA VIEILLE ESCLAVE.

Il est allé apaiser le tumulte.

ZULÉMA.

Je vais le chercher.

FATIME (*la retenant*).

Où allez-vous?

LA VIEILLE ESCLAVE.

Sauvons-nous dans ces souterrains; échappons pour quelques instants; il viendra nous délivrer bientôt.

FEMMES ET ESCLAVES.

Sauvons-nous!...

(*La vieille esclave les précède : Zuléma la suit, appuyée sur sa fille. Les femmes et les esclaves les entourent de tous côtés. En même temps qu'elles vont entrer dans les souterrains, Aben Farax en sort, suivi par un grand nombre de conjurés avec des sabres et des torches. Les femmes et les esclaves poussent un cri d'épouvante , et s'enfuient en désordre entraînant avec elles Fatime et Zuléma : celle-ci se débarrasse de leurs bras, et reste seule au milieu du théâtre.*)

SCÈNE XIV.

ZULÉMA, ABEN FARAX; LES CONJURÉS.

ABEN FARAX (*d'une voix forte, au moment de paraître*).

Où est-il, le tyran?... Il fuit peut-être avec ces femmes ; mais il n'échappera pas à la mort !

ZULÉMA.

Qui cherches-tu, monstre altéré de sang?...

ABEN FARAX (*sans faire attention à Zuléma*).

Pénétrez de tous côtés, le fer et la flamme à la main...

(*Il va partir, suivi de quelques conjurés ; les autres se précipitent par les diverses portes.*)

ZULÉMA (*se jetant au-devant de lui.*)

Non, tu n'iras pas plus loin... tu cherches mon époux pour le massacrer.

ABEN FARAX (*montrant le cadavre*).

Ton époux !... dis plutôt l'assassin de ton père.

(*Il la repousse, et disparaît à l'instant même, suivi du reste des Maures.*)

SCÈNE XV.

ZULÉMA.

(*Elle reste d'abord immobile, comme frappée de stupeur ; ensuite elle revient peu à peu ; mais elle tombe dans une sorte d'égarement.*)

Oui, c'est lui... c'est lui-même... maintenant je me rappelle tout ; je vois tout ; j'aperçois jusqu'au fond de l'abyme... Cet éclair a dessillé mes yeux ; mais il les a brûlés !... (*Elle erre sur la scène, dans la plus grande agitation.*) Aben Humeya !... Aben Humeya !... Ce n'est pas ton épouse, c'est la fille de Muley Carime qui t'appelle.

SCÈNE XVI.

ZULÉMA, ABEN HUMEYA; QUELQUES MAURES, UNE FOULE D'ESCLAVES.

(On voit entrer précipitamment, en pleine déroute, des Maures et des esclaves, qui se dispersent sur la scène, et disparaissent de tous côtés.)

ABEN HUMEYA (*du fond du corridor*).

Attendez, lâches, attendez un instant!... ayez au moins le courage de me voir mourir.

ZULÉMA (*allant à sa rencontre*).

Rends-moi mon père, Aben Humeya, rends-moi mon père!

ABEN HUMEYA (*avec un grand trouble*).
Que veux-tu, malheureuse?

ZULÉMA.

Mon père !... qu'as-tu fait de mon père?... Tu ne sais pas !... viens, viens ici... nous allons le trouver. (*Elle prend le bras d'Aben Humeya, et veut l'entraîner vers Muley Carime.*)

ABEN HUMEYA.

Tu me perds, Zuléma, et tu te perds toi-même... laisse-moi par pitié!...

ZULÉMA.

Non; je ne te quitte pas… je te demanderai
mon père jusqu'à l'heure de ma mort.

SCÈNE XVII.

ZULÉMA, ABEN HUMEYA, ABEN ABO;

DES CONJURÉS.

(*On entend de plus près le tumulte ; Aben Abo
parait le premier, suivi de plusieurs conjurés.*)

ABEN ABO.

Arrêtez !…

(*Il fait un signe aux siens, regarde fixement
Aben Humeya, et lui dit ensuite :*)

Je te trouve enfin, Aben Humeya !…

ABEN HUMEYA (*d'une voix que la fureur étouffe*).

Viens, traître, viens… j'ai encore cette main
pour te percer le cœur.

(*Zuléma, hors d'elle-même, s'attache à son mari,
et veut le retirer du combat ; Aben Abo fond
sur lui ; et aux premiers coups de sabre, celui
d'Aben Humeya s'échappe de sa main blessée ;
il va le ramasser, et Aben Abo lui porte un coup
terrible.*)

ABEN ABO.

Meurs !

ZULÉMA (*s'élançant au milieu d'eux*).

Non!

(*Elle tombe frappée à mort. Un coup de feu part en même temps derrière Aben Humeya; il se sent blessé, et voulant faire un pas contre Aben Abo, il tombe par terre.*)

ABEN HUMEYA.

Ah!...

SCÈNE XVIII.

ABEN HUMEYA, ABEN ABO, ABEN FARAX; UN GRAND NOMBRE DE CONJURÉS.

(*Les conjurés entrent de toutes parts, ayant à la main des armes et des torches.*)

PLUSIEURS CONJURÉS.

Meure le tyran!

D'AUTRES.

Vive Aben Abo!

TOUS (*excepté Aben Farax et ceux de son parti*).

Vive notre roi!...

ABEN FARAX.

Comment, encore un maître!

ABEN HUMEYA (*dans l'agonie*).

Je meurs content... tu me suivras de près... assassiné aussi... Je lègue ma vengeance à ces traîtres.

ABEN ABO.

Que dis-tu, misérable?... Traînez-le dans ces souterrains, et qu'il y trouve son tombeau!

(*Un groupe de conjurés entoure Aben Humeya et l'emporte mourant.*)

ABEN HUMEYA.

(*Il fait des signes de sa main ensanglantée, comme s'il appelait Aben Abo vers lui, et s'écrie encore d'une voix défaillante:*)

Viens, Aben Abo, viens!... je t'attends...

(*Il expire: on l'entraîne dans les souterrains. Zuléma, en entendant la voix de son époux, se traîne un peu, comme pour le suivre, et retombe.*)

ZULÉMA.

Aben Humeya!...

SCÈNE XIX.

ABEN ABO, ABEN FARAX; LES CONJURÉS.

PLUSIEURS CONJURÉS.

Vive Aben Abo!

D'AUTRES.

Vive notre roi!...

ABEN ABO.

Non, mes braves, non... courons à l'ennemi;

c'est au milieu de ses rangs que je placerai la
couronne sur ma tête.

*(Il va partir d'un air déterminé; Aben Farax lui
crie, du milieu de la scène:)*

ABEN FARAX.

Aben Abo! regarde. Vois-tu cette trace de
sang?... c'est la route du trône.

FIN DU TROISIÈME ET DERNIER ACTE.